collection

挚情 真知 雅意
名家作品中学生典藏版

STUDENT EDITION

LIU
LIANG collection
CHENG

刘亮程作品

刘亮程：著有诗集《晒晒黄沙梁的太阳》，散文集《一个人的村庄》《在新疆》，长篇小说《虚土》《凿空》等，有多篇文章收入全国中学、大学语文课本。获第六届鲁迅文学奖。2013 年入住木垒，创建菜籽沟艺术家村落及木垒书院，任院长。

典藏

与虫共眠

中学生典藏版 C 刘亮程 著

山西出版传媒集团

山西教育出版社

图书在版编目（CIP）数据

刘亮程作品中学生典藏版：与虫共眠/刘亮程著. —太原：山西教育出版社，
2018. 8（2020. 6 重印）
ISBN 978 - 7 - 5440 - 9944 - 8

Ⅰ. ①刘… Ⅱ. ①刘… Ⅲ. ①阅读课 – 中学 – 课外读物 Ⅳ. ①G634. 333

中国版本图书馆 CIP 数据核字（2018）第 144815 号

刘亮程作品中学生典藏版 · 与虫共眠

策　　划：刘晓露

责任编辑：刘　超

复　　审：李梦燕

终　　审：郭志强

装帧设计：薛　菲

印装监制：蔡　洁

出版发行：山西出版传媒集团·山西教育出版社

　　　　　（太原市水西门街慢头巷 7 号　电话：0351 – 4729801　邮编：030002）

印　　装：阳谷毕升印务有限公司

开　　本：889×1194　1/32

印　　张：7

字　　数：120 千字

版　　次：2018 年 8 月第 1 版　2020 年 6 月第 3 次印刷

书　　号：ISBN 978 - 7 - 5440 - 9944 - 8

定　　价：26. 00 元

如发现印装质量问题，影响阅读，请与印刷厂联系调换。电话：0635 – 6173567

文学是一门做梦的艺术

（代序）

刘亮程

谁教会了我做梦。

据说孩子一出生就会做梦，甚至在母腹中便做了无数的梦。在我不会说话走路的幼年，一个一个的梦，在小小的头脑里发生。我最早开始做的一件事情，应该是做梦。不知道那些梦从哪来，谁给了我。我的头脑在白天黑夜的睡梦中生长。大人知道我做梦，我睡着时突然地哭、笑。我笑时大人也笑，但不出声。知道我做好梦了。做不好的梦时，我会惊恐，大人看见了就叫醒我。

很难知道一个婴儿梦中的情景，他还没学会说话，却已经在做梦了。梦中是否说了话，那些梦话又是怎样的一种语言。

据说平常人能记住七岁时的梦。作家可记住三到五岁时的梦。有天赋的作家能记得自己的出生。极具天赋的作家甚至能记住在母腹里的情景。那像梦一样的胎儿生活，如果真记住了，该多有意思。漫漫的十个月，独自蜷缩在小小孕室，外面是一个声音的世界。眼睛闭住，耳朵张开，小拳头攥紧。独自倾听冥想的姿势。他听到的声音有颜色吗？能构成一个怎么的人世？

有一点我还不太清楚，在母腹中胎儿是时睡时醒呢，还是一直在睡梦中，一个长梦做到出生。

梦是一种学习。很早的时候，我一定通过梦熟悉了生活。或者，梦给我做出了一种生活。后来，真正的生活开始了。我出生、成长。梦渐渐隐退到背后。早年的梦多被忘记。

还是有人记住一种叫梦的生活。他们成了作家。

作家是在暗夜里独自长成的一种人，接受夜和梦的教育。梦是一所学校，夜夜必修的功课是做梦。

我早期的诗和散文，一直在努力地写出梦景。作文如做梦。在犹如做梦的写作状态中，文字的意味向虚幻、恍惚和不可捉摸的真实飘移，我时而入梦，时而醒来说梦。梦和黑夜的氛围缠绕不散。我沉迷于这样的幻想。写作亦如暗夜中打捞，沉入遗忘的事物被唤醒。

梦是我的启蒙老师。我早年的写作一定向梦学习了许多，我却浑然不知。

　　早年经常做的一个梦：我走进一间挨一间的房子，那些房子破旧、空荡、布满灰尘，每一间我都熟悉，仿佛在里面居住过，我从一扇门走进另一扇门，一夜都走不出去。

　　另一个梦里我在钻洞，一个曲折漫长的洞，我熟悉里面的每个拐弯和岔道，我从没走错却从没走出去过。

　　有一段时间我梦见自己在爬一个高塔，仿佛已经爬过无数次，每次快爬到顶了，醒过来。多年后我带母亲回甘肃老家，在金塔县城，突然看见我梦中爬过无数次的高塔，我在塔下愣愣地站了好久，第一次清醒地看见一个早年的梦景。那是母亲逃荒到新疆四十年后第一次回老家，她把我孕在腹中带到遥远的新疆，我在甘肃金塔县被孕育，在新疆沙湾县出生。我有两个故乡。那个夜夜梦见的高塔是父母早年的念叨被我记住呢，还是，我在孕育中早早看见了它。

　　另一个梦中我长途跋涉去一座城市，城北边有一个破煤矿，路拐弯处一片楼房，每次我都回到一幢未完工楼房的五楼，不知道那是谁的家，我在那里寂静地住下来。也是好多年后，我在乌鲁木齐南湖小区五层的住宅里，突然想起早年在乡下的梦。离这不远是已经废弃的六道湾煤矿，梦中的场景和现实惊人相似。似乎我的一部分生活，突然地掉进早年做好的一个梦里。

更多的梦中我跑着跑着飞起来。就在昨晚的梦中，我又一次飞了起来，脚下是大片的夏天的绿色玉米地。

不知道那些反反复复的梦，要告诉我什么。我因为不理解也许早已错过了什么。做梦似乎是天生的，不需要向谁学习。我的写作，却一直在向梦学习。

我不知道自己一直向梦学习。我很早懂得隐喻、夸张、跳跃、倒叙、插叙、独白这些作文手法。后来，我写作多年，才意识到，这些在文学写作中常用的手法，在梦中随处使用。做梦用的手法跟作文一模一样。

隐喻作为一种文学手法，很可能是作家从梦中学来的。所有的梦都有隐喻性、多解性。早晨醒来回想梦，一如阅读深奥晦涩的文学。梦充满隐喻，令人费解。人相信梦的暗示，千方求解，并大致找到梦隐喻的规律。比如梦见小孩是遇到小人，梦见火要发财，梦见飞是长个子，等等。一些复杂的梦需要专门的人解读，回想梦的过程是文学欣赏过程。破译梦便上升到文学研究了。

梦的多义性是文学的重要特征。我写一个句子时，希望语言的意义朝无数个方向延伸，在它的主指之外有无限的旁指，延伸向远方。这也是梦的特征。

梦呓、梦话也叫胡话。说胡话。一个已经睡着不该说话的人说的话。突兀的一两句。没前没后。自言自语。他对着梦说话，我们看不见他的梦。

最好的文学语言是梦语言。

梦呓被多少文学家借鉴发展为超现实的语言叙述方式。

梦是夸张的。梦的夸张体现在敏感。一只蚊子飞过耳旁，梦会夸张成一架飞机。一个关于飞机的梦，就这样从一只蚊子飞过耳旁开始了。许多宏大的文学作品可能起源于一个小小的诱因。

梦中的故事常常跳跃，一念间从一个场景跳到另一场景。有时似乎跳跃得跑题了，醒来一想，此梦的主题恰好在离题万里的细节上。

有些梦是倒叙，先有果，后有因，故事逆着时间朝前发生。我突然回到了童年。回到童年的梦都是倒叙。梦应用倒叙非常顺便。因为梦里的时间是一种可以悬置、翻转、倒退、仰俯、伸缩自如的文学时间。

插叙是梦中惯用的手法，一个平铺直叙的梦，常有莫名其妙的故事插入。有时中途插入的故事成了梦的主题，旁枝长成主干。好像也没什么不合理。梦自有合理性。

　　伏笔更是被梦用到极致，我经常在一个新梦里感觉到熟悉气息，仿佛先前经历过，或许这事在旧时的梦里开了头，略微显露了一下，此梦牵出彼梦的头绪来，甚至几十年前埋的伏笔，都牵连出来。

　　不知道人一生的梦是否在完成着一个巨大的梦。就像作家耗尽毕生写一部巨著。如果是的话，童年的梦，胎儿时的梦，中年老年的梦，便都连接起来了。那将是一个多么大的梦巨作。梦有压缩性，几十年的时间，可以压缩到瞬间。据说生命终结时，人一生的故事在脑海中梦一般回放。这是生命程序中最美妙的一瞬，一部人生巨作已然结尾，前呼后应地做一次回味。这个始于梦终于梦的做梦动物，中间那一阵子时梦时醒的人世生活，是多么地令自己回味。当消失的一切全部回来，那压缩在短短瞬间里的整个此生，已经到达了彼世。

　　作家干的是装订梦境的活。在梦中学会各种各样的文学表达，把各种各样的梦变成文字。许多作家天生会写作，几乎不怎么经过向别的作家学习的过程，梦早已教会他所有的文学写作方法。进入写作时，真实世界隐退了。虚构世界梦一般浮现。文字活跃起来。文字在捕捉、在塑造编造这个世界。唯一存在的是文字。一个文字中的世界和现实的关系，就是一场梦的关系。也是此生彼世的关系。

文学是梦学。

《一个人的村庄》①是一个人的无边白日梦，那个无所事事游逛在乡村的闲人，是我在梦里找到的一个人物。我很早注意到，在梦里我比梦外悠闲，我背着手，看着一些事情发生，我像个局外人。我塑造了一个自己，照着他的样子生活，想事情。我将他带到童年，让他从我的小时候开始，看见我的童年梦。写作之初，我并不完全知道这场写作的意义。我只清楚，回忆和做梦一样，纯属虚构。

写作就是对生活中那些根本没有过的事情的真切回忆。

我无知地知道这些写作规则。不然我不会从童年写起。我的童年遇到了不幸。父亲在我八岁时死去，那是文革后期，母亲带着五个孩

①《一个人的村庄》：作者创作的散文集，学者林贤治评价该作品"阳光充沛，令人想起高更笔下的塔希提"。

子艰苦度日，我是家里的老二，我大哥那时十二岁，最小的妹妹不满一岁。这样的童年谁愿意回忆。可是，《一个人的村庄》里看不到这些苦难，《虚土》①中也看不到。当我在写作中回到小时候的村庄，这些苦难被我忘记了，我写了这个村庄的草木和动物，写了风、夜晚、月光和梦，写我一个人的孤独和快乐，希望和失望，还有无边无际的冥想。当那本书完成时，我发现我的童年被我成功地修改了，我把那个八岁丧父的自己从童年的苦海中救了出来，我给自己创造了一个童年。我感谢我的文字，它拯救了我。

写作是一个创造自己的过程。我塑造了一个主人公。他却改变了我。

《虚土》是我的另一场梦。在那个叫虚土庄的地方，梦把天空顶高，把大地变得更加辽阔。每个人都活在别人不知道的梦里。梦是我不知道的另一种生活。梦乡是我遗忘的故乡，照耀着梦的是无边的星光月光。

《虚土》里那个五岁孩子，一直在一个未醒来的梦里，怀疑自己是否出生，或者已经出生却从未长大。长大的全是别人。我的生活早

①《虚土》：作者创作的长篇小说。是一部完全不同于传统意义的小说。

已被别人过掉，废墟一样弃在荒野。我又在过着谁的生活。在那个漫长的梦里，一个人的百年岁月开花了。

到《凿空》①时，我被一个地方的现实撞醒，写了这本书。好在这里的生活，本来就有一种不用刻意营造的魔幻味道。一个地方的真实生活，也许在别处的人看来，就是荒诞的梦。《凿空》是一部醒来的书，写一个聋子耳朵里的声音世界。全是过去的声音。那个孤独的倾听者，耳朵闭住，眼睛张开，清醒地看着这个在母腹中曾经听到的外面世界。

梦启迪了文学，文学又教会更多的人做梦。优秀的文学都是一场梦。人们遗忘的梦，习以为常却从未说出的梦，未做过的梦，呈现在文学中。文学艺术是造梦术。写作是一件繁复却有意思的修梦工程。用现实材料，修复破损的梦。又用梦中材料，修复破损的现实。不厌其烦地把现实带进梦境，又把梦带回现实。

那个在母腹中偷听人世做了无数梦的未来人，是一个作家原型。作家孤独如母腹中的孩子。

---

①《凿空》：作者创作的长篇小说。全书以魔幻现实的笔法描写了一个古老村庄里一系列看似荒诞又真实的故事。

CONTENTS 目录

岁 月

村 庄

今　世

岁 月

　　不管多大的风，刮平一道田埂也得一百年功夫。人用旧扔掉的一只瓷碗，在土中埋三千年仍纹丝不变。而一根扎入土地的钢筋，带给土地的将是永久的刺痛。几乎没有什么东西能够消磨掉它。

　　除了时间。

　　时间本身也不是无限的。

　　所谓永恒，就是消磨一件事物的时间完了，这件事物还在。

　　时间再没有时间。

　　　　　　　　　　　　　　——《最大的事情》

刘亮程画作

一场叫刘二的风

　　树挡日头墙挡风。墙是风不熟悉的一种东西。墙经常绊住风的腿，风打个趔趄，踉跄着穿过村子。比大地还古老的风，经常绊倒在只有几十个年头的土墙根。

　　风也经常推倒墙。

　　我们盖房子打好墙后，总要先放一阵，不忙着上顶，人离得远远的，让风去吹。等东风西风全刮过，人才敢放心大胆站在墙根。那时的墙，就可以一立多年，让几代人住在中间。

　　我们最害怕新盖的房子新垒的墙。新墙没有根。就像村里新来的那些人，看他们跟我们一样在村里走、说话、干活，其实他们脚底下不稳，一看就是外来的生人，走一步看一眼路，东张西望，不刮风都摇晃。不像我们，在这个地方住久了，脚下都生了根——这一脚踩在多少年前的一脚上，又实在又稳，多少年前的一只脚印已经扎入土地两米深，我们踏平的坎、踩出的坑，落到地上的唾沫和头发——是我们早年失去的东西为我们在土地中悄悄扎下了根。

墙也一样，墙从地上站起的那一刻起，墙的下半截子便开始一寸一寸扎入土地，成为墙的根。墙会一年年变矮。你别小看一堵半米高的老土墙，它两米高的大半截子已经扎入土中。到了这个时候它就再不会倒。狗一蹿从它上面跃过去，人一叉腿跨过去。谁都可以站在它头顶了，但是没有谁能到达它的深。

一堵老墙和一个老人一样，在村里拥有自己的声誉和地位。如果一堵老墙要倒了，墙身明显的西斜，谁都说这堵墙站不到明天了。人往墙根两米远处用黑灰溜一条线，站在线外边远远地看，没有谁会动手把它推倒。墙啥时候倒是墙的事情。墙直着身子站累了，想斜站一阵也不一定。即使墙真要倒了，一堵墙最后的挣扎和坚持我们也不得干涉。就像一个人快要死了，我们也只能静静站在旁边，等死亡按照它自己的时辰和方式缓缓降临。我们不能因为这个人反正要死了，推他一把，照头给一棒子。

我见过一堵向西斜的墙，硬是让西风顶住，不让它朝西倒下去。一棵朝东歪的树，东风硬把树头折卷向西，树身弯折了三次，最后累死了。西风和东风在大地上比本事。西风过来推倒一堵墙，刮歪几棵树。东风过去掀翻一座房顶，吹散几垛草。西风东风都没把这个村庄当一回事，我们也没当一回事。西风东风都刮过去了，黄沙梁变成了这个样子。我变成这个样子——每一棵树都是一场风，每一个人都是一场风，每堵墙都是一场风，每条狗每只蚂蚁都是一场风。在这一场场永远刮不出去、刮不到天上、无人经历的弱小微风中，有一场叫刘二的风，已经刮了三十多年了。

把时间绊了一跤

我看见早晨的阳光，穿过村子时变慢了。时光在等一头老牛。它让一匹朝东跑的马先奔走了，进入一匹马的遥遥路途，在那里，尘土不会扬起，马的嘶叫不会传过来。而在这里，时光耐心地把最缓慢的东西都等齐了，连跑得最慢的蜗牛，都没有落在时光后面。

刘二爷说，有些东西跑得快，我们放狗出去把它追回来。有些东西走得比我们慢，我们叫墙立着等它们，叫树长着等它们。我们最大的本事，就是能让跑得快的走得慢的都和我们待在一起。

我在这里看见时光对人和事物的耐心等候。

四十岁那年我回到村里，看见我五岁时没抱动的一截木头，还躺在墙根。我那时多想把它从东墙根挪到房檐下。仿佛我为了移动这根木头又回到村庄。我二十岁时就能搬动这根木头，可我顾不上这些小事。我在远处。三十岁时我又在干什么呢。我长大后做的哪件事是那个五岁孩子梦想过的。我回来搬这根木头，幸亏还有一个没挪窝的木头。

我五十岁时，比我大一轮的张望瞎了眼，韩三瘸了一条腿，冯七的腰折了。就是我们这些人，在拖延时间，我们年轻时被时间拖着跑，老了我们用跑瘸的一条腿拖住时间。用望瞎了的一双眼拖住时间。在我们拖延的时间里，儿孙们慢慢长大，我们希望他们慢慢长大，我们有的是时间让他们慢慢长大。

时间在往后移动。所以我们看见的全是过去。我们离未来越来越远，而不是越来越近。时光让我们留下来。许多时光没有到来。好日子都在远路上，一天天朝这里走来。我们只有在时光中等候时光。没有别的办法。你看，时间还没来得及在一根刮磨一新的锨把上，留下痕迹。时间还没有摩皱那个孩子远眺的双眼。但时光确实已经慢了下来。

每天一早一晚，站在村头清点人数的张望，可能看出些时光的动静。当劳累一天的韩瘸子牵牛回到家，最后一缕夕阳也走失在西边荒野。一年年走掉的那些岁月都到哪去了。夜晚透进阵阵寒风的那道门缝，也让最早的一束阳光照在我们身上。那头傍晚干活回来的老牛，一捆青草吃饱肚子。太阳落山后，黄昏星亮在晚归人头顶。在有人的旷野上，星光低垂。那些天上的灯笼，护送每个晚归人。一方小窗里的灯光在黑暗深处接应。当我终于知道时间让我做些什么，走还是停时，我已经没有时间了。

每年春天，村东的树长出一片半叶子时，村西的树才开始发芽。可以看出阳光在很费力地穿过村子。

刘二爷说，如果从很高处看——梦里这一村庄人一个比一个飞得高——向西流淌的时间汪洋，在虚土庄这一块形成一个涡流。时间之流被挡了一下。谁挡的，不清楚。我们村子里有一些时间嚼不动的硬东西，在抵挡时间。或许是一只猫、一个不起眼的人、一把插在地上的铁锨。还是房子、树。反正时间被绊了一跤，一个爬扑子倒在虚土里。它再爬起来前走时，已经多少年过去，我们把好多事都干完了，觉也睡够了。别处的时光已经走得没影。我们这一块远远落在后面。

时间在丢失时间。

我们在时间丢失的那部分时间里，过着不被别人也不被自己知道的漫长日子。刘二爷说。

鸟是否真的飞到了时间上面。有一种鹰，爱往高远飞，飞到纷乱的鸟群上面，飞过落叶和尘土到达的高度。一直飞到人看不见。鸟飞翔时，把不太好看的肚皮和爪子亮给我们。就像我们走路时，不知道该把手放在什么位置，鸟飞在天上，对自己的爪子也不知所措，有的鸟把爪子向后并拢，有的在空中乱蹬，有的爪子闲吊着，被风刮得晃悠。还有的鸟，一只爪子吊下来，一只蜷着，过一会又调换一下。鸟在天上，真不知该怎样处置那对没用的爪子，把地上的人看得着急。不过，鸟不是飞给人看的，这一点小孩都知道。鸟把最美的羽毛亮给天空，好像天上有一双看它的眼睛。鸟从来不在乎我们人怎么看它。

　　那些阳光，穿过袅袅炊烟和逐渐黄透的树叶，到达墙根门槛时，就已经老掉了。像我们老了一样，那些秋草般发黄的傍晚阳光，垛满了村庄。每天这个时候，坐在门口纳鞋的冯二奶，最知道阳光怎样离开村庄，丝线般细密的阳光，从树枝、墙根、人的脸上丝丝缕缕抽走时，满世界的声响。天塌下来一样。

　　我们把时间都熬老了。刘二爷说。

　　当我们老得啃不动骨头，时间也已老得啃不动我们。

——节选自《虚土》

最大的事情

　　我在野地只待一个月(在村里也就住几十年)，一个月后，村里来一些人，把麦子打掉，麦草扔在地边。我们一走，不管活儿干没干完，都不是我们的事情了。

　　老鼠会在仓满洞盈之后，重选一个地方打新洞。也许就选在草棚旁边，或者草垛下面。草棚这儿地势高，干爽，适合人筑屋鼠打洞。麦草垛下面隐蔽、安全，麦秆中少不了有一些剩余的麦穗麦粒，足够几代老鼠吃。

　　鸟会把巢筑在草棚上，在伸出来的那截木头上，涂满白色鸟粪。

　　野鸡会从门缝钻进来，在我们睡觉的草铺上，生几枚蛋，留一地零乱羽毛。

　　这些都是给下一年来到的人们留下的麻烦事情。下一年，一切会重新开始。剩下的事将被搁在一边。

　　如果下一年我们不来。下下一年还不来。

　　如果我们永远地走了，从野地上的草棚，从村庄，从远远近近的城市。如果人的事情结束了，或者人还有万般未竟的事业但人没有了。再也没有了。

　　那么，我们干完的事，将是留在这个世界上的——最大的事情。

　　别说一座钢铁空城、一个砖瓦村落，仅仅是我们弃在大地上的一间平常的土房子，就够它们多少年收拾。

　　草大概用五年时间，长满被人铲平踩瓷实的院子。草根蛰伏在土里，它没有死掉，一直在土中窥听地面上的动静。一年又一年，人的脚步在院子里走来走去，时缓时快，时轻时沉。终于有一天，再听不见了。草根试探性地拱破地面，发一个芽，生两片叶，迎风探望一季，确信再没锨来铲它，脚来踩它，草便一棵一棵从土里钻出来。这片曾经是它们的土地已面目全非，且怪模怪样地耸着一间土房子。

　　草开始从墙缝往外长，往房顶上长。

　　而房顶的大木梁中，几只蛀虫正悄悄干着一件大事情。它们打算用八十七年，把这棵木梁蛀空。然后房顶塌下来。

　　与此同时，风四十年吹旧一扇门上的红油漆。雨八十年冲掉墙上的一块泥皮。

　　厚实的墙基里，一群蝼蚁正一小粒一小粒往外搬土。它们把巢筑在墙基里，大蝼蚁在墙里死去，小蝼蚁又在墙里出生。这个过程没有谁能全部经历，它太漫长，大概要一千八百年，墙根就彻底毁了。曾经从土里站起来，高出大地的这些土，终归又倒塌到泥土里。

　　但要完全抹平这片土房子的痕迹，几乎是不可能。

　　不管多大的风，刮平一道田埂也得一百年功夫。人用旧扔掉的一只瓷碗，在土中埋三千年仍纹丝不变。而一根扎入土地的钢筋，带给土地的将是永久的刺痛。几乎没有什么东西能够消磨掉它。

除了时间。

时间本身也不是无限的。

所谓永恒，就是消磨一件事物的时间完了，这件事物还在。

时间再没有时间。

——节选自《剩下的事情》

我挡住了什么

█████████　又刮起了风，天空什么都没有。这片大地早已经被风搜刮干净。只剩下土。那些残墙上的土，一点一点地被风抠下来，刮走，让我看着心疼。我知道我无法阻止——许多年前我把房后面的一棵榆树移到屋前面，把蜂拥向西的一群羊迎头拦住，赶向东边河湾的草滩时，我以为我能改变许多东西，能阻挡住那些事物的流散与消逝。

　　我确实曾经阻挡住了什么。至少，我止住了我的心，让它永留在这个村庄里。我止住了我日渐淡忘的记忆——我自己不能留住的，我扔在风里。这个世界无法留存的，我存放在心中。我不管别的。我的心中只存放一个村庄，完完整整，那些牲畜、人、草木、阳光雨水和脚印，连夕阳下弥漫的尘土都一粒不少。

　　我走过院子，站在以前院门的豁口处时，吹到身上的风突然猛烈了，风扯我的衣服，往后扭我的头，发着狂要把我推开——许多年前的那些深夜里，风就是这样在推刮那两扇院门。它们支撑不住了，便猛地敞开，风呼啸着灌进院子，踢翻地上的筐，扯走绳子上的衣服，一把一把撕垛上的干草往天上扔……院门拼命扇动、啪啪直响，像个吓傻的人乱挥着双手大声喊叫：风进院子啦!风进院子啦!

我们在梦中迷迷糊糊听到喊声。"院子里有响动。"三弟拿脚蹬醒我。我推醒大哥。大哥压低嗓子喊父亲。

母亲醒来了，正摸火柴点灯。

多少年后我知道那扇风中的院门承受了什么。现在，几乎所有的院子不复存在，院门消失。村庄大敞在旷野。只有不多的一些旧土墙仍在阻挡和挽留着什么。

我想再看一眼这个村子。我真的该离开了。村里已经没有我的事情。他们一车一车往家里收东西，拉过去一车苞谷棒子，运过去一车草，再拉过去一车苞谷秆。我站在路边上，闲甩着手。

他们见了我总要拉一把牛缰绳，车停下来跟我说几句闲话。有时牛不愿意停，一甩头，走过去几丈远才慢腾腾停下。

"到房子里去嘛。"他们对我喊。

"不了。我没事。快忙你的吧。"我说。

"也没啥忙的。就一点点粮食。"他们说着车又开始走动了。

我让他们的收获迟缓了一会儿。我轻脚慢踏地走过村庄走向那片田地时，还是惊动了他们。他们停住摘棉花的手、掰苞谷的手、割草平埂子的手，目光迟疑地望着我——秋天在这一刻慢了下来，像一辆车缓缓停住，其他地方的秋天如期运行，为同样一点点粮食那里的人们忙个不停。只有在黄沙梁，这车装得满满的玉米棒子会晚几步走进院子。那几朵雪白的棉花在人手边多开放了一会儿。剩在地里的半车棒子会多等一阵子，或许会留在地里过夜。

我一个人站在路边，就让一个村庄的秋收稍稍推迟。

那时候，许许多多的树木站在村里村外，许许多多的墙和门，许许多多的人和牲畜们，它们延迟了什么，让早该发生的那些事情，迟迟没有发生。

每一场风后，看那些偎在墙根院角没有刮跑的土、草叶、布条、虫子和鸡，我就知道村庄留住的比这更多。

而我，只留住了一个村庄。

通往田野的小巷

顺着一条巷子往前走，经过铁匠铺、馕坑、烧土陶的作坊，不知不觉地，便进入一片果园或苞谷地。八九月份，白色、红色的桑葚斑斑点点熟落在地。鸟在头顶的枝叶间鸣叫，巷子里的人家静悄悄的。很久，听见一辆毛驴车的声音，驴蹄嘀嗒嘀嗒地点踏过来，毛驴小小的，黑色，白眼圈，宽长的车排上铺着红毡子，上搭红布凉棚。赶车的多为小孩和老人，坐车的，多是些丰满漂亮的女人，服饰艳丽，爱用浓郁香水，一路过去，留香数里，把鸟的头都熏晕了。如果不是巴扎日，老城的热闹仅在龟兹古渡两旁，饭馆、商店、清真寺、手工作坊，以及桥上桥下的各种民间交易。这一块是库车老城跳动不息的古老心脏，它的头是昼夜高昂的清真大寺，它的手臂背在身后，双腿埋在千年尘土里，不再迈动半步。

库车城外的田野更像田野，田地间野草果树杂生。不像其他地方的田野，是纯粹的庄稼世界。

在城郊乌恰乡的麦田里，芦苇和种类繁多的野草，长得跟麦子一样旺势。高大的桑树杏树耸在麦田中间。白杨树挨挨挤挤围拢四周，简直像一个植物乐园。桑树、杏树虽高大繁茂，却不欺麦子。它的根直扎下去，不与麦子争夺地表层的养分。在它的庞大树冠下，麦子一片油绿。

有人说，南疆农民懒惰，地里长满了草。我倒觉得，这跟懒没关系，而是一种生存态度。在许多地方，人们已经过于勤快，把大地改变得只适合人自己居住。他们忙忙碌碌，从来不会为一只飞过头顶的鸟想一想，它会在哪儿落脚？它的食物和水在哪里？还有那些对他们没有用处的野草，全铲除干净，虫子消灭光。在那里，除了人吃的粮食，土地再没有生长万物的权利。

库车农民的生活就像他们的民歌一样缓慢悠长。那些毛驴，一步三个蹄印地走在千年乡道上，驴车上的人悠悠然然，再长的路，再要紧的事也是这种走法。不管太阳什么时候出来，又什么时候落山。田地里的杂草，就在他们的缓慢与悠然间，生长出来，长到跟麦子一样高，一样结饱籽粒。

在这片田野里，一棵草可以放心地长到老而不必担心被人铲除。一棵树也无须担忧自己长错位置，只要长出来，就会生长下去。人的粮食和毛驴爱吃的杂草长在同一块地里。鸟在树枝上做窠，在树下的麦田捉虫子吃，有时也啄食半黄的麦粒，人睁一眼闭一眼。库车的麦田里没有麦草人，鸟连真人都不怕，敢落到人帽上，敢把窝筑在一伸手就够到的矮树枝上。

　　一年四季，田野的气息从那些弯曲的小巷吹进老城。杏花开败了，麦穗扬花。桑子熟落时，葡萄下架。靠农业养活，以手工谋生的库车老城，它的每一条巷子都通往果园和麦地。沿着它的每一条土路都走回到过去。毛驴车，这种古老可爱的交通工具，悠悠晃晃，载着人们，在这块绿洲上，一年一年地原地打转。永远跑不快，跑不了多远。也永远不需要跑多快多远。

　　不远的绿洲之外，是荒无人烟的戈壁沙漠。

树会记住许多事

　　如果我们忘了在这地方生活了多少年，只要锯开一棵树，院墙角上或房后面那几棵都行，数数上面的圈就大致清楚了。

　　树会记住许多事。

　　其他东西也记事，却不可靠。譬如路，会丢掉人的脚印，会分叉，把人引向歧途。人本身又会遗忘许多人和事。当人真的遗忘了那些人和事，人能去问谁呢。

　　问风。

　　风从不记得那年秋天顺风走远的那个人，也不会在意它刮到天上飘远的一块红头巾，最后落到哪里。风在哪停住哪就会落下一堆东西。我们丢掉找不见的东西，大都让风挪移了位置。有些多少年后被另一场相反的风刮回来，面目全非躺在墙根，像做了一场梦。有些在昏天暗地的大风中飘过村子，越走越远，再也回不到村里。

树从不胡乱走动。几十年、上百年前的那棵榆树，还在老地方站
着。我们走了又回来。担心墙会倒塌、房顶被风掀翻卷走、人和牲畜
四散迷失，我们把家安在大树底下，房前屋后栽许多树让它快快长大。

树是一场朝天刮的风。刮得慢极了。能看见那些枝叶挨挨挤挤
向天上涌，都踏出了路，走出了各种声音。在人的一辈子里，能看见
一场风刮到头，停住。像一辆奔跑的马车，甩掉轮子，车体散架，货
物坠落一地，最后马扑倒在尘土里，伸脖子喘几口粗气，然后死去。
谁也看不见马车夫在哪里。

风刮到头是一场风的空。

树在天地间丢了东西。

哥，你到地下去找，我向天上找。

树的根和干朝相反方向走了，它们分手的地方坐着我们一家
人。父亲背靠树干，母亲坐在小板凳上，儿女们蹲在地上或木头上。
刚吃过饭，还要喝一碗水。水喝完还要再坐一阵。院门半开着，看见
路上过来过去几个人、几头牛。也不知树根在地下找到什么。我们天
天往树上看，似乎看见那些忙碌的枝枝叶叶没找见什么。

找到了它就会喊，把走远的树根喊回来。

爹，你到土里去找，我们在地上找。

我们家要是一棵树，先父下葬时我就可以说这句话了。我们也
会像一棵树一样，伸出所有的枝枝叶叶去找，伸到空中一把一把抓那
些多得没人要的阳光和雨，捉那些闲得打盹的云，还有鸟叫和虫鸣，
抓回来再一把一把扔掉。不是我要找的，不是的。

我们找到天空就喊你，父亲。找到一滴水一束阳光就叫你，父亲。我们要找什么。

多少年之后我才知道，我们真正要找的，再也找不回来的，是此时此刻的全部生活。它消失了，又正在被遗忘。

那根躺在墙根的干木头是否已将它昔年的繁枝茂叶全部遗忘。我走了，我会记起一生中更加细微的生活情景，我会找到早年落到地上没看见的一根针，记起早年贪玩没留意的半句话、一个眼神。当我回过头去，我对生存便有了更加细微的热爱与耐心。

如果我忘了些什么，匆忙中疏忽了曾经落在头顶的一滴雨、掠过耳畔的一缕风，院子里那棵老榆树就会提醒我。有一棵大榆树靠在背上（就像父亲那时靠着它一样），天地间还有哪些事情想不清楚呢。

我八岁那年，母亲随手挂在树枝上的一个筐，已经随树长得够不着。我十一岁那年秋天，父亲从地里捡回一捆麦子，放在地上怕鸡叨吃，就顺手夹在树杈上，这个树杈也已将那捆麦子举过房顶，举到了半空中。这期间我们似乎远离了生活，再没顾上拿下那个筐，取下那捆麦子。它一年一年缓缓升向天空的时候，我们似乎从没看见。

现在那捆原本金黄的麦子已经发灰，麦穗早被鸟啄空。那个筐里或许盛着半筐干红辣皮、几个苞谷棒子，筐沿满是斑白鸟粪，估计里面早已空空的了。

我们竟然有过这样富裕漫长的年月，让一棵树举着沉甸甸的一捆麦子和半筐干红辣皮，一直举过房顶，举到半空喂鸟吃。

"我们早就富裕得把好东西往天上扔了。"

许多年后的一个早春。午后，树还没长出叶子。我们一家人坐在树下喝苞谷糊糊。白面在一个月前就吃完了。苞谷面也余下不多，下午饭只能喝点糊糊。喝完了碗还端着，要愣愣地坐好一会儿，似乎饭没吃完，还应该再吃点什么，却什么都没有了。一家人像在想着什么，又像啥都不想，脑子空空地呆坐着。

大哥仰着头，说了一句话。

我们全仰起头，这才看见夹在树杈上的一捆麦子和挂在树枝上的那个筐。

如果树也忘了那些事，它便早早地变成了一根干木头。

"回来吧，别找了，啥都没有。"

树根在地下喊那些枝和叶子。它们听见了，就往回走。先是叶子，一年一年地往回赶，叶子全走光了，枝杈便枯站在那里，像一截没人走的路。枝杈也站不了多久。人不会让一棵死树长时间站在那里。它早站累了，把它放倒，可它已经躺不平，身躯弯扭得只适合立在空气中。我们怕它滚动，一头垫半截土块，中间也用土块压住。等过段时间，消闲了再把树根挖出来，和躯干放在一起，如果它们有话要说，日子长着呢。一根木头随便往哪一扔就是几十年光景。这期间我们会看见木头张开许多口子，离近了能听见木头开口的声音。木头开一次口，说一句话。等到全身开满口子，木头就没话可说了。我们过去踢一脚，敲两下，声音空空的。根也好，干也罢，里面都没啥东西了。即便无话可说，也得面对面待着。一个榆木疙瘩，一截歪扭树干，除非修整院子时会动一动。也许还会绕过去。谁会管它呢。在它身下是厚厚的这个秋天、很多个秋天的叶子。在它旁边是我们一家人、牲畜。或许已经是另一户人。

一村懒人

　　在外面时我老担心这个村庄会变得面目全非。我在迅速变化的世界里四处谋生。每当一片旧屋拆毁，一群新楼拔地而起，我都会担心地想到黄沙梁。它是否也在变成这样呢。他们把我熟悉的那条渠填掉，把我认识的那堵墙推倒，拆掉那些土房子。

　　如果这样，黄沙梁便永远消失了。它彻底埋在一个人心里。这个人将在不久的年月离去，携带一个村庄的全部记忆。从今往后，一千年一万年，谁都不会再找到它。

　　活着的人，可能一直在害怕那些离去的人们再转头回来，认出他们手中这把锹、脚下这条路，认出这间房子、这片天空这块地。他们改变世界的全部意义，就是让曾经在这个世界生存过的那些人，再找回不到这里。

　　黄沙梁是人们不想要的一个地方，村里人早对它失望了，几十年来没盖一间新房子，没砌半堵新墙。人们早就想扔掉它到别处去生活。这个村庄因此幸运而完整地保存着以前的样子。没有一点人为变故，只有岁月风雨对它的消磨——几乎所有的墙，都泥皮脱落。我离开时它们已斑驳地开始脱落，如今终于脱落光，露出土块的干打垒的青褐墙体。没有谁往这些墙壁上再抹过一把泥。

这是一村庄懒人。

他们不在乎这个地方了。

那条不知修于何年从没淌过水的大渠，也从来没碍过谁的事，所以留存下来。只是谁家做泥活用土时，到渠沿上拉一车，留下一个坑。好在这些年很少有人家动过泥土。人已懒得收拾，所有地方都被眼看惯、脚走顺、手摸熟。连那段坑洼路，也被人走顺惯。路上还是二十年前我离开时的那几个坑和坎。每次牛车的一个轱辘轧过那个坎时，车身猛地朝一边倾一下，辗过那个坑时，又猛地朝另一边歪一下。我那时曾想过把这段路整平，很简单的事，随手几锨，把坎挖掉，土垫到一边的坑里，路便平展展了。可是每次走过去我便懒得动了。大概村里人跟我一样，早习惯了这么一倾一歪，没这两下生活也就太平顺了。这段路的性格就是这样的，它用坑坎逗人玩。牛有时也逗人玩，经过坑坎路段时，故意猛走几步，让车倾歪得更厉害些。坐在车上打盹的人被摇醒。并排坐着的两个人会肩撞肩头碰头。没绑牢实的草会掉下一捆。有时会把车弄翻，人摔出好远，玩笑开过头了，人恼火了，从地上爬起来，骂几声路、打两鞭牛，一身一脸的土。路上顿时响起一阵笑语哄叫。前前后后的车会停住，人走过来，笑话着赶车人，帮着把翻了的车扶起来，东西装好。

如果路上再没有车，空荡荡的。一个人在远路上翻了车，东西很沉，其他人从另外的路上走了。这人只有坐在路边等，一直等到天黑，还没有人，只好自己动手，把车卸了，用劲翻过空车，一件一件往上装东西，搬不上去的，忍痛扔掉。这时天更黑了，人没劲地赶着车，心里坎坎坷坷的，人、牛、路都顿觉无趣。

草长在墙根，长在院子里、门边上，长在屋顶和墙缝……这些东西不妨碍他们了。他们挨近一棵草生活，许多年前却不是这样的。

那时家家户户有一个大院子，用土墙或篱笆围着。门前是菜地，屋后是树和圈棚，也都高高低低围拢着。谁家院子里长了草，会被笑话的。现在，几乎所有院子都不存在。院墙早已破损，门前的菜地荒凉着，只剩下房子孤零零立在那里。因为没有了围墙，以前作为院子的这块与相邻的路和荒野便没有区别。草涌进来，荒野和家园连成一片，人再不用锹铲它们。草成了家人中的一个，人也是草丛中的一棵。雨水多的年成村子淹没在荒草里，艾蒿盖地，芦苇没房。人出没草中，离远了便分不清草在动还是人在动。干旱年成村子光秃秃的，堆着些没泥皮的土房子。模样古怪的人和牲畜走走停停。

更多年成半旱不旱，草木和人，死不了也活不旺势。人都靠路边走，耷拉着头，意思不大地过去一日又一日。草大多聚到背阴处，费劲地长几片叶，开几朵花儿，最后勉强结几粒籽。

草的生长不会惊噪人。除非刮风。草籽落地时顶多吵醒一只昆虫最后的秋梦。或者碰伤一只蚂蚁的细长后腿。

或许落不到地上。一些草籽落到羊身上，一些落在鸟的羽毛上，落在人的鞋坑和衣帽上，被带到很远，有水的地方。

在春天，羊摇摇屁股、鸟扇扇翅、人抖抖衣服，都会有草籽落地。你无意中便将一颗草籽从秋带到春。无意的一个动作，又将它播洒在所经之地。

有的草籽在你身上的隐蔽处，一藏多年。其间干旱和其他原因，这种草在大地上灭绝，枝被牛羊吃掉、火烧掉。根被人挖掉、虫毁掉。种子腐烂掉。春天和雨水重新降临时，大地上已没有发芽的种子。春天空空来临。你走过不再泛绿的潮湿大地，你觉得身上痒痒，禁不住抖抖身子——无论你是一条狗、一只羊、一匹马、一只鸡、一个人、一只老鼠，你都成为大地春天唯一的救星。

有时草籽在羊身上的厚厚绒毛中发芽，春天的一场雨后，羊身上会迅速泛青发绿，藏在羊毛中的各种草籽，凭着羊毛中的水分、温度和养分，很快伸出一枝一枝的绿芽子。这时羊变得急躁，无由地奔跑、叫、打滚、往树上墙上蹭。草根扎不透羊皮，便使劲沿着毛根四处延伸，把羊弄得痒痒的。伸不了多久便没了水分。太阳晒干羊毛时，所有的草便死了。如果连下几场雨，从野外归来的羊群，便像一片移动的绿草地。

人的生死却会惊动草。满院子草木返青的时候，这个家里的人死亡或出生，都会招来更多人。那时许多草会被踩死，被油腻滚烫的洗锅水浇死，被热炉灰蒙死。草不会拔腿跑开，只能把生命退回到根部，把孕育已久的花期再推迟一季。

那是一个人落地的回声，比一粒草籽坠落更重大和无奈。一个村庄里只有有数的一些人，无法跟遍地数不清的草木相比——一种草或许能数清自己。一株草的死亡或许引起遍地草木的哀悼和哭泣。我们听不到。人淹没在人的欢乐和悲苦中。无论生和死。一个人的落地都会惊动其他人。

　　一个人死了，其他人得帮衬着哭两声，烧几页纸，送条黑障子。一个人出生了，其他人也要陪伴着笑几下，送点红绸子、花衣服。

　　生死是每个人都会遇到的事。在村里，这种看似礼节性的往来实则是一种谝工。我死的时候你帮忙挖坑了，你死了我的子孙会去帮你抬棺木。大家都要死是不是。或者你出生时我去贺喜了，我去世时你就要来奔丧。这笔账你忘了别人会为你记住。

冯 三

■■■■■ 人的名字是一块生铁，别人叫一声，就会擦亮一次。一个名字若两三天没人叫，名字上会落一层土。若两三年没人叫，这个名字就算被埋掉了。上面的土有一铁锨厚。这样的名字已经很难被叫出来，名字和属于他的人有了距离。名字早寂寞地睡着了，或朽掉了。名字下的人还在瞎忙碌，早出晚归，做着莫名的事。

冯三的名字被人忘记五十年了。人们扔下他的真名不叫，都叫他冯三。

冯三一出世，父亲冯七就给他起了大名：冯得财。等冯三长到十五岁，父亲冯七把村里的亲朋好友召集来，摆了两桌酒席。

冯七说，我的儿子已经长成大人，我给起了大名，求你们别再叫他的小名了。我知道我起多大的名字也没用。只要你们不叫，他就永远没有大名。当初我父亲冯五给我起的名字多好：冯富贵。可是，你们硬是一声不叫。我现在都六十岁了，还被你们叫小名。我这辈子就不指望听到别人叫一声我的大名了。我的两个大儿子，你们叫他们冯大、冯二，叫就叫去吧，我知道你们改不了口了。可是我的三儿子，就求你们饶了他吧。你们这些当爷爷奶奶、叔叔大妈、哥哥姐姐的，只要稍稍改个口，我的三儿子就能大大方方做人了。

可是，没有一个人改口，都说叫习惯了，改不了了。或者当着冯七的面满口答应，背后还是冯三冯三地叫个不停。

冯三一直在心中默念着自己的大名。他像珍藏一件宝贝一样珍藏着这个名字。

自从父亲冯七摆了酒席后，冯三坚决再不认这个小名，别人叫冯三他硬不答应。冯三两个字飘进耳朵时，他的大名会一蹦子跳起来，把它打出去。后来冯三接连不断灌进耳朵，他从村子一头走到另一头，见了人就张着嘴笑，希望能听见一个人叫他冯得财。

可是，没有一个人叫他冯得财。

冯三就这样蛮横地踩在他的大名上面，堂而皇之地成了他的名字。已经五十年了，冯三仍觉得别人叫他的名字不是自己的。夜深人静时，冯三会悄悄地望一眼像几根枯柴一样朽掉的那三个字。有时四下无人，冯三会突然张口，叫出自己的大名。很久，没有人答应。冯得财就像早已陌生的一个人，五十年前就已离开村子，越走越远，跟他，跟这个村庄，都彻底的没关系了。

为啥村里人都不叫你的大名冯得财。一句都不叫。王五爷说，因为一个村庄的财是有限的，你得多了别人就少得，你全得了别人就没了。当年你爷爷给你父亲起名冯富贵时，我们就知道，你们冯家太想出人头地了。谁不想富贵呀。可是村子就这么大，财富就这么多，你们家富贵了别人家就得贫穷。所以我们谁也不叫他的大名，一口冯七把他叫到老。可他还不甘心，又希望你长大得财。你想想，我们能叫你得财吗。你看刘榆木，谁叫过他的小名。他的名字不惹人。一个榆木疙瘩，谁都不眼馋。还有王木叉，为啥人家不叫王铁叉，木叉柔和，不伤人。

虚土庄没有几个人有正经名字，像冯七、王五、刘二这些有头面的人物，也都一个姓，加上兄弟排行数，胡乱地活了一辈子。他们的大名只记在两个地方：户口簿和墓碑上。

你若按着户口簿点名，念完了也没有一个人答应，好像名字下的人全死了。你若到村边的墓地走一圈，墓碑上的名字你也不认识一个。似乎死亡是别人的，跟这个村庄没一点关系。其实呢，你的名字已经包含了生和死。你一出生，父母请先生给你起名，先生大都上了年纪，有时是王五、刘二，也可能是路过村子的一个外人。他看了你的生辰八字，捻须沉思一阵，在纸上写下两个或三个字，说，记住，这是你的名字，别人喊这个名字你就答应。

可是没人喊这个名字。你等了十年、五十年。你答应了另外一个名字。

起名字的人还说，如果你忘了自己的名字，一直往前走，路尽头一堵墙上，写着你的名字。

不过，走到那里已到了另外一个村子。被我们埋没的名字，已经叫不出来的名字，全在那里彼此呼唤，相互擦亮。而活在村里的人互叫着小名，莫名其妙地为一个小名活着一辈子。

——节选自《虚土》

老根底子

　　李家门前只有不成行的几棵白杨树，细细的，没几个枝叶，连麻雀都不愿落脚。尤其大一点的鸟，或许看都不会看他们家一眼，直端端飞过来，落到我们家树上。

　　像鹞鹰、喜鹊、猫头鹰这些大鸟，大都住在村外的野滩里，有时飞到村子上头转几圈，大叫几声，往哪棵树上落不往哪棵树上落，都是看人家的。它不会随便落到一棵树上，一般都选上了年纪的老榆树落脚。老榆树大都长在几个老户人家的院子里。邱老二家、张保福家、王多家和我们家树上，就经常落大鸟。李家树上从没有这种福气，连鸟都知道那几棵小树底下的人家是新来的，不可靠。

　　一户人家新到一个地方，谁都不清楚他会干出些啥事。老鼠都不太敢进新来人家的房子。蚂蚁得三年后才敢把家搬到新来人家的墙根，再过三年才敢把洞打进新来人家的房子。鸟在天空把啥事都看得清楚，院子里的鸡、鸡窝、狗洞、屋檐下的燕子窠、檐上的鸽子。鸟会想，能让这么多动物和睦共居的家园，肯定也会让一只过路的鸟安安心心歇会儿脚。在大树顶上，大鸟看见很多年前另一只大鸟压弯的枝，另一只大鸟踩伤的一块树皮。一棵被大鸟踩弯树头的榆树，最后可能比任何一棵树都长得高大结实。

我们家是黄沙梁有数的几家老户之一，尽管我们来的时间不算长，但后父他们家在这里生活了好几辈人，老庄子住旧了又搬到新庄子。新庄子又快住旧了。在这片荒野上人们已经住旧了两个庄子，像穿破的两只鞋，一只扔在西边的沙沟梁，一只扔在更西边的河湾里。人们住旧一个庄子便往前移一两里，盖起一个新庄子。地大得很，谁都不愿在老地方再盖新房子。房子住破时，路也走坏了，井也喝枯了，地毁得坑坑洼洼，人也死了一大茬，总之，都可以扔掉了。往前走一两里，对一个村庄来说，只是迈了一小步。

有些东西却会留下来，一些留在人的记忆里，更多的留在木头、土块、车辕、筐子、麻袋及一截皮绳上。这些东西十分齐全地放在老户人家的院子里。新来的人家顶多有两把新锨，和一把别人扔掉的破锄头，锄刃上的豁口跟他没一点关系，锄背上的那个裂缝也不认识他。用旧一样东西得好几年的时间。尤其一个院子，它像扔一把旧锄头或一截破草绳一样，扔掉好几辈人，才能轮到人抛弃它。

老户人家都有许多扔不掉的老东西。

老户人家的柴垛底下压着几十年前的老柴火，或上百年前的一截歪榆木。全朽了，没用了。这叫柴垛底子。有了它新垛的柴火才不会潮，不会朽掉。

老户人家粮仓里能挖出上辈人吃剩的面和米。老户人家有几头老牲口，牙豁了，腿有点儿瘸，干活慢腾腾的，却再没人抽它鞭子。

老户人家羊圈底下都有几米厚的一层肥土。那是几十年上百年的羊粪尿浸泡出来的，挖出来比羊粪还值钱，却从不挖出来，肥肥地放着——除非万不得已。那就叫老根底子。

在黄沙梁我们接着后父家的茬往下生活，那是我们的老根底子。在东刮西刮的风和明明暗暗的日月中，我们看见他们上辈人留下的茬头，像一根断开长绳的一头找到了另一头。我们握住他们从黑暗中伸过来的手，接住他们从地底下喘上来的气，从满院子的旧东西中我们找到自己的新生活。他们握那把锨，使那架犁时的感觉又渐渐地、全部地回到我们手里。这些全新的旧日子让我们觉得生活几乎能够完整地、没有尽头地过下去。

木　匠

一个人在夜里敲打东西，我睡不着。外面刮着清风，有一阵没一阵，好像大地在叹气。敲打声一下一下蹦到高空，又顺风滑落下来，很沉地撞着地。

冯三一躺倒就开始说梦话，还是昨晚上说过的内容，他在跟梦中的一个人对话。他说一句，那个人说一句。我听不见他梦中那个人说些什么，所以无法明白冯三说话的全部内容。有一阵冯三长时间不吭声，他说了半句话，突然停住。我侧起身耳朵贴近他的头，想听听梦中打断他说话的那个人正在说些什么。房子里亮堂堂的，那扇糊着报纸落满尘土的小窗户，还是把月光放了进来。

一连两个晚上，我一睡倒，便感到自己躺在一片荒野上。冯三做梦的身体远远地横着，仿佛多少年的野草稀稀拉拉地荒在我们之间。

梦离他的身体又有多远。

　　我也睡着，我的梦离冯三的梦又有多远。

　　曾经是我们一家人睡了多少年的这面土炕上，冯三一个人又躺了多年。他一觉一觉地延接下去的已经不是我们家的睡眠。但他夜夜梦见的，会不会全是我们以往的生活呢。

　　在那些生活将要全部地、无可挽救地变成睡梦的时候，我及时地赶了回来。

　　外面亮得像梦中的白天。风贴着地面刮，可以感到风吹过脚背，地上的落叶吹出一两拃远便停住。似乎风就这么一点点力气。

　　那个敲打声把我喊出了门，它在敲打一件我认识的东西。我必须出去看看。我十一岁那年，有个木匠想带我出去跟他学手艺。他给母亲许诺，要把所有木工手艺都传给我。母亲问我去不去。我没有主意，站着不吭声。

　　那个木匠在他叮叮咣咣的敲打声里，把我熟悉的木头棍棍棒棒变成了桌子、板凳和木箱。

　　我的影子黑黑地躺在地上，像一截烧焦的木头。其他东西的影子都淡淡的，似有似无，可能月光一夜一夜地，已经渗透那些墙和树木，把光亮照到它们的背阴处。我在这个地方少待了二十年。二十年前，这里的月光已经快要照透我了。我在别处长出的一些东西阻挡了它。

　　整个村子静静的，只有一个声音在响。我能听出来，是这个村子里的一件东西在敲打另一件东西。不像那个木匠，用他带来的一把外地斧头，砍我们村的木头，声音生刺生刺，像不认识的两条狗狠劲相咬，一点不留情。

许多年前的一个中午，一群孩子围在我们家院子里，看一个外地来的木匠打制家具。他的工具锁在一个油黑的木箱里，用一件取一件，不用的原装进去锁住。一件也不让人动。

那群孩子只有呆呆地看着他在木头上凿眼，把那些木棍棍锯成一截一截的摆放整齐。其中一个孩子想，要能用一下他的刨子，把这块木板刨平该多好呀。另一个想，能动动他的墨盒，在这根歪木头上打一根直直的黑线多好。

吃午饭时，那群孩子看着大人们给木匠单独做的白面馍馍，炒的肉菜。

长大了我也要当木匠。一个孩子说。

我也背个木箱四处去给人家做家具。另一个孩子说。

赶我们长大不知还有没有木头了。另一个孩子想。

我记不清自己为什么没有跟那个木匠去学艺，而是背着书包去了学堂。

那个木匠临走前在门外等了好长一阵。母亲把我拉进屋里。忘了是劝我去还是劝我不去。出来时，那个木匠刚刚离去。他踩起的一溜土还没落下来。

那群孩子中的一个，后来果真当了木匠。现在他就在我面前敲打着一样家具，身旁乱七八糟堆着些木料。一盏灯高挂在草棚顶上。

我站在院墙外的黑暗处，想不起这个人的名字。但他肯定是那群孩子中的一个，过去多少年后，一个村庄里肯定有一大批人把孩提时候的梦想忘得一干二净。肯定还会有一个人默无声息地留下来，那一代人最初的生存愿望，被他一个人实现了。尽管这种愿望早已经过时。

我没去打扰他。

他抡一把斧子，干得卖力又专心。不知他能不能听到他的敲打声。整个村子在这个声音里睡着了。我猜想他已经叮叮当当地敲打了多少年。他的敲打声和狗吠鸡鸣一样已经成为村子的一部分。他砍这根木头时，村子里其他木头在听。他敲那个铆时，他早年敲紧现已松懈的一个铆在某个人家的屋角里微微颤动。

我从来没把哪件活干到他这种程度。面对这个年纪与我相仿的人，我只能在一旁悄悄站着，像一根没用的干木头。

卖磨刀石的人

房子一年年变矮，半截子陷进虚土。人和牲口把梁上的虚土踩瓷，房子也把墙下的虚土压瓷。那些地，一阵子长苞谷，一阵子又长麦子。这阵子它开始长草了，从虚土庄到天边，都是草。草把大地连起来，我们村边的一棵芦苇，刮风时能拍打到天边的另一棵芦苇。

七月，走远的人回来说，东边是大片的铃铛刺，一刮风铃铛的响声铺天盖地，所有种子被摇醒，一次次走上遥远的播种之路。红柳和碱蒿把西边的荒野封死，秋天火红的红柳花和天边的红云连作一起，又从天空涌卷回来，把村庄的房顶烟囱染红，把做饭的锅染红，晚归的人和牛也是红的。

只有几个孩子的梦飘过北边沙漠。更多人的梦，还在早年老家的土墙根，没走到这里。只有回到老家的路是通的，那条路，被无数的后来者走宽、走通顺。

刘二爷说，我们无法利用一场梦，把村庄搬到别处。即使每人梦见一辆大车，梦见一条畅通无阻的大路，可是，又有谁能把这些车和路梦到一起。梦中谁又会清醒地知道我们的去处。

每年七月，跑买卖的冯七闻着麦香回来，马脖子上的铃铛声在几里外传进村子。我们对他拉回来的东西没一点兴趣，喜欢听他说外面的事，他跑的地方最多，走的路最远。那些夜晚，村里一半人围在冯七家院子。有人想打听自己家人在远路上的消息。有人想打问自己的消息。冯七从来不带回同村人的消息，仿佛他们在远处从没有相遇。仿佛每个人都去了不同的地方。

当冯七讲完他经过的所有村庄后，天还没亮，院子黑压压坐着人，有的睡着了，有的半睡半醒。这时就有人问，你每次回来时，看见了一个怎样的虚土庄。你见识了那么多人，回来看见的虚土庄人又是怎样一种人，我们在怎样的生活中过着一生。

冯七说，我从北边回来的那个下午，看见虚土庄子的背后，零乱的柴垛，破土墙，粪堆，潦草圈棚。看见晚归人落满草叶尘土的脊背，蓬乱的后脑勺。多陌生啊。我就想，我们一次次回去的是这样一座村庄。一天天的劳忙后我们变成这样一群背影。

你们或许从没注意过村子的背后，也很少有人从背后走进村子。

我从东边回来的中午，看见太阳照亮的屋墙。所有人和牲畜在西北墙根乘凉。村庄的东面比西面新，漫长的西风把向西的墙吹秃、刮歪，把向西的草垛吹乱。从西边走过的人，会以为虚土庄是个几百年的老庄子了，从东边看才知道是个新庄子。

　　而我从南面回来的早晨，看见的却是另一番情景：整洁的院落，敞亮的门窗，刚洒过水，清扫干净的路。穿着一新准备出门的村人。南面是村庄的门面，向着太阳月亮。我们不欢迎从北边来的人，我们把北边来的人叫贼娃子。北边没有正经路，北边是我们长柴火、放羊、套兔子打狼的地方。南来的路到了虚土庄，叉开两条腿，朝西朝东走了。

　　我还没有从天上到达过虚土庄，不知道一只鸟、那群飞旋的鹞鹰看见了一座怎样的村庄。它们呱呱地叫，因为我们的哪件事情。它们在天上议论我们村子，落到地上时说天上的事，唧唧喳喳，说三道四。听懂鸟语的人说，鸟天天在天上骂人，在树枝上骂人，人以为鸟给自己唱歌，高兴得不得了。柳户地村有个懂鸟语的，也会听猪马羊这些牲口的话，他只活了二十七岁，死掉了。说是气死的。所有动物都在骂人，诅咒人。那个听懂牲口话的人就被早早骂死了。

　　冯七讲述的远处村庄让人们彻底绝望。他把村里人的脑子讲乱了，弄不清到底有多少个村庄。当他讲述一个村庄时，在人们心中就会有三四个相同的村庄，出现在不同的远方。它们星星一样密布在远远近近的地方。

　　无论我们朝哪个方向走，最终都将融入前方的一个村庄，在那里安家落户，变成外来人，种别人种剩的地，听人家指使。

　　另一些买卖人带来的消息，证实了冯七的说法。这片荒野四周都已住满人，只剩下虚土庄周围的这片荒野。虚土庄人的远方早就消失了，人、牛马羊，都没有更远的去处。以前我们长柴火、放羊、套兔子打狼的北沙窝，我们认为连鸟都飞不过去的北沙窝，到处是人走出的路，沙漠那头的人，已经把羊群赶过来，吃我们村边地头的草了。他们挖柴火的车，也已停到我们村边，挖我们地头墙根的梭梭红柳。老早我们叫砍柴火，砍一些梭梭红柳枝就够烧了。现在近处的梭梭红柳枝被砍光，我们只有挖它们的根。

刘二爷说，那些车户，一开始想找一条路，把整个村子带出去。后来走的地方多了，把别处的好东西一车车运回村子时，觉得没必要再去别处了。况且，他们找到的所有路都只适合一辆马车奔跑，而不适合一个村庄去走。他们到过的所有村庄都只能让一个人居住，而无法让一个村庄落脚。

七月，麦香把走远的人唤回村子。割麦子了。磨镰刀的声音把猪和羊吓坏了。卖磨刀石的人今年没来。大前年七月，那个背石头的人挨家挨户敲门。

卖磨刀石了。

南山的石头。

这个喊声在大前年七月的早晨，把人唤醒。突然的，人们想起该磨刀割麦子了。本来割麦子不算什么事，每年这个时节都割麦子。麦子黄了人就会下地。可是，这个人的喊声让人们觉得，割麦子成了一件事。人被突然唤醒似的，动作起来。

　　那时节人的瞌睡很轻，大人小孩，都对这片陌生地方不放心。夜晚至少有一半人清醒，一半人半睡半醒。一片树叶落地都会惊醒一个人。守夜人的两个儿子还没出生。另两个，小小的，白天睡觉，晚上孤单地坐在黑暗中，眼睛跟着父亲的眼睛，朝村庄的四个方向，转着看。守夜人在房顶上，抵挡黑暗的风声。风中的每一个声音都不放过。贴地刮来的两片树叶，一起一落，听着就像一个人的脚步，走进村子。风如果在夜里停住，满天空往下落东西。落下最多的是尘土叶子，也有别的好东西，一块头巾，几团骆驼毛。

　　后来人的瞌睡一年年加重，就很难有一种声音能喊醒。狗都不怎么叫了。狗知道自己的叫声早在人耳朵里磨出厚茧。鸡只是公鸡叫母鸡。鸡叫声越来越远，梦里的一天亮了，人们穿衣出门。

　　一块磨刀石五年就磨凹了。再过两年，我才能听到那个背石头人的敲门声。他在路上喊。

　　卖磨刀石了。

　　南山的石头。

　　然后挨家敲门。敲到我们家院门时，我站在门后面，隔着门缝看见他脊背上的石头。他敲两下，停一阵再敲两下。我一声不吭。他转身走到路中间时，我突然举起手，在里面哐哐敲两下门，他回过头，疑惑地看一眼院门，想转身回来，又快步地朝前走了。过一阵我听见后面韩拐子家的门被敲响。

　　卖石头的人在南山采了石头，背着一路朝北，到达虚土庄再往西，路上风把石头的一面吹光。有时碰见跑顺风买卖的，搭一段路。但是很少。卖石头的人大多走侧风和顶风路，迎着麦香找到荒野中麦地拥围的村庄。

他再回到虚土庄时我已经长大走了。我是提一把镰刀走的，还是扛一把铁锨，或者赶一辆马车走的，我记不清。那时梦里的活开始磨损农具，磨刀石加倍地磨损，早就像鞋底一样薄了。一块磨刀石两年就磨坏了。可是卖磨刀石的人，来虚土庄的间隔，却越来越长，七八年来一次。他背着石头在荒野上发现越来越多的村庄，卖石头的路也越走越远，加上他的脚步，一年比一年慢，后来多少年间，听不到他的叫卖声了。

——节选自《虚土》

最后的铁匠

铁匠比那些城外的农民们，更早地闻到麦香。在库车，麦芒初黄，铁匠们便打好一把把镰刀，等待赶集的农民来买。铁匠赶着季节做铁活儿，春耕前打犁铧、铲子、刨锄子和各种农机具零件，麦收前打镰刀。当农民们顶着烈日割麦时，铁匠已转手打制他们刨地挖渠的坎土曼了。

铁匠们知道，这些东西打早了没用。打晚了，就卖不出去，只有挂在墙上等待明年。

吐尔洪·吐迪是这个祖传十三代的铁匠家庭中最年轻的小铁匠。他十三岁跟父亲学打铁，今年二十四岁。成家一年多了，有个不到一岁的儿子。吐尔洪说，他的孩子长大后说啥也不让他打铁了，教他好好上学，出来干别的去。吐尔洪说他当时就不愿学打铁，父亲却硬逼着他学。打铁太累人，又挣不上钱。他们家打了十几代铁了，还住在这些破烂房子里，他结婚时都没钱盖一间新房子。

吐尔洪的父亲吐迪·艾则孜也是十二三岁学打铁。他父亲是库车城里有名的铁匠，一年四季，来定做铁器的人络绎不绝。那时的家境比现在稍好一些，妇女们头戴面纱，在家做饭看管孩子，从不到铁匠炉前去干活。父亲的一把锤子养活一家人，日子还算过得去。吐迪也是不愿跟父亲学打铁，没干几天就跑掉了。他嫌打铁锤太重，累死累活挥半天才挣几块钱，他想出去做买卖。父亲给了他一点钱，他买了一车西瓜，卸在街边叫卖。结果，西瓜一半是生的，卖不出去。生意做赔了，才又垂头丧气回到父亲的打铁炉旁。

父亲说，我们就是干这个的，祖宗给我们选了打铁这一行都快一千年了，多少朝代灭掉了，我们虽没挣到多少钱，却也活得好好的。只要一代一代把手艺传下去，就会有一口饭吃。我们不干这个干啥去。

吐迪就这样硬着头皮干了下来，从父亲手里学会了打制各种农具。父亲去世后，他又把手艺传给四个弟弟和一个妹妹。他们又接着往下一辈传。如今在库车老城，他们家族共有十几个打铁的。吐迪的两个弟弟和一个侄子，跟他同在沙依巴克街边的一条小巷子里打铁，一人一个铁炉，紧挨着。吐迪和儿子吐尔洪的炉子在最里边，两个弟弟和侄子的炉安在巷口，一天到晚炉火不断，铁锤叮叮当当。吐迪的妹妹在另一条街上开铁匠铺，是城里有名的女铁匠，善做一些小农具，活儿做得精巧细致。

吐迪说他儿子吐尔洪坎土曼打得可以，打镰刀还不行，欠点儿功夫。铁匠家有自己的规矩，每样铁活都必须学到师傅满意了，才可以另立铁炉去做活。不然学个半吊子手艺，打的镰刀割不下麦子，那会败坏家族的荣誉。吐迪是这个家族中最年长者，无论说话还是教儿子打镰刀，都一脸严肃。他今年五十六岁，看上去还很壮实。他正把自己的手艺一样一样地传给儿子吐尔洪·吐迪。从打最简单的蚂蟥钉，到打坎土曼、镰刀，但吐迪·艾则孜知道，有些很微妙的东西，是无法准确地传给下一代的。铁匠活儿就这样，锤打到最后越来越没力气。每一代间都在失传一些东西。比如手的感觉，一把镰刀打到什么程度刚好。尽管手把手地教，一双手终究无法把那种微妙的感觉传给另一双手。

还有，一把镰刀面对的广阔的田野，各种各样的人。每一把镰刀都会不一样，因为每一只用镰刀的手不一样，每只手的习惯不一样。打镰刀的人，靠一双手，给千万只不一样的手打制如意家什。想到远近田野里埋头劳作的那些人，劲儿大的、劲儿小的，女人、男人、孩子……铁匠的每一把镰刀，都针对他想到的某一个人。从一块废铁烧红，落下第一锤，到打成成品，铁匠心中首先成形的是用这把镰刀的那个人。在飞溅的火星和叮叮当当的锤声里，那个人逐渐清晰，从远远的麦田中直起身，一步步走近。这时候铁匠手中的镰刀还是一弯扁铁，但已经有了雏形，像一个幼芽刚从土里长出来。铁匠知道它会长成怎样的一把大弯镰，铁匠的锤从那一刻起，变得干脆有力。

这片田野上，男人大多喜欢用大弯镰，一下搂一大片麦子，嚓的一声割倒。大开大合的干法。这种镰刀呈抛物线形，镰刀从把手伸出，朝后弯一定幅度，像铅球运动员向后倾身用力，然后朝前直伸而去，刀刃一直伸到用镰者性情与气力的极端处。每把大镰刀又都有微小的差异。也有怜惜气力的人，用一把半大镰刀，游刃有余。还有人喜欢蹲着干活儿，镰刀小巧，一下搂一小把麦子，几乎能数清自家地里长了多少棵麦子。还有那些妇女，用耳环一样弯弯的镰刀，搂过来的每株麦穗都不会散失。

打镰刀的人，要给每一只不同的手准备镰刀，还要想到左撇子、反手握镰的人。一把镰刀用五年就不行了，坎土曼用七八年。五年前在这儿买过镰刀的那些人，今年又该来了，还有那个短胳膊买买提，五年前定做过一只长把镰刀，也该用坏了。也许就这一两天，他正筹备一把镰刀的钱呢。这两年棉花价不稳定，农民一年比一年穷。麦子一公斤才卖几毛钱，割麦子的镰刀自然卖不上好价。七八块钱出手，就算不错。已经好几年，一把镰刀卖不到十块钱。什么东西都不值钱，杏子一公斤四五毛钱。卖两筐杏子的钱，才够买一把镰刀。因为缺钱，一把该扔掉的破镰刀也许又留在手里，磨一磨再用一个夏季。

不论什么情况，打镰刀的人都会将这把镰刀打好，挂在墙上等着，不管这个人来与不来。铁匠活儿不会放坏。一把镰刀只适合某一个人，别人不会买它。打镰刀的人，每年都剩下几把镰刀，等不到买主。它们在铁匠铺黑黑的墙壁上，挂到明年，挂到后年，有的一挂多年。铁匠从不轻易把他打的镰刀毁掉重打，他相信走远的人还会回来。不管过去多少年，他曾经想到的那个人，终究会在茫茫田野中抬起头来，一步一步向这把镰刀走近。在铁匠家族近一千年的打铁历史中，还没有一把百年前的镰刀剩到今天。

只有一回，吐迪的太爷掌锤时，给一个左撇子打过一把歪把大弯镰，那人交了两块钱定金，便一去不回。吐迪的太爷打好镰刀，等了一年又一年，等到太爷下世，吐迪的爷爷掌锤，他父亲跟着学徒时，终于等来一个左撇子，他一眼看上那把镰刀，二话没说就买走了。这把镰刀等了整整六十七年，用它的人终于又出现了。

在那六十七年里，铁匠每年都取下那把镰刀敲打几下。打铁的人认为，他们的敲打声能提醒远近村落里买镰刀的人。他们时常取下找不到买主的镰刀敲打几下，每次都能看出一把镰刀的欠缺处：这个地方少打了两锤，那个地方敲偏了。手工活就是这样，永远都不能说完成，打成了还可打得更精细。随着人的手艺进步和对使用者的认识理解不同，一把镰刀可以永远地敲打下去。那些锤点，落在多少年前的锤点上。叮叮当当的锤声，在一条窄窄的胡同里流传，后一声追赶着前一声。后一声仿佛前一声的回音。一声比一声遥远、空洞。仿佛每一锤都是多年前那一锤的回声，一声声地传回来，沿我们看不见的一条古老胡同。

吐迪·艾则孜打镰刀时眼皮低垂，眯成细细弯镰的眼睛里，只有一把逐渐成形的镰刀。儿子吐尔洪就没这么专注了，手里打着镰刀，心里不知道想着啥事情，眼睛东张西望。铁匠炉旁一天到晚围着人，有来买镰刀的，有闲着没事看打镰刀的。天冷了还是烤火的好地方，无家可归的人，冻极了挨近铁匠炉，手伸进炉火里燎两下，又赶紧塞回袖筒赶路去了。

麦收前常有来修镰刀的乡下人，一坐大半天。一把卖掉的镰刀，三五年后又回到铁匠炉前，用得豁豁牙牙，木把也松动了。铁匠举起镰刀，扫一眼就能认出这把是不是自己打的。旧镰刀扔进炉中，烧红、修刃、淬火，看上去又跟新的一样。修一把旧镰刀一两块钱，也有耍赖皮不给钱的，丢下一句好话就走了，三五年不见面，直到镰刀再次用坏。一把镰刀顶多修两次，铁匠就再不会修了。修好一把旧镰刀，就等于少卖一把新的。

吐迪家的每一把镰刀上，都留有自己的记痕。过去三十年五十年，甚至一二百年，他们都能认出自己家族打制的镰刀。那些记痕留在不易磨损的镰刀臂弯处，像两排月牙形的指甲印，千年以来他们就这样传递记忆。每一代的印记都有所不同，一样的月牙形指甲印，在家族的每一个铁匠手里排出不同的形式。没有具体的图谱记载每一代祖先打出的印记是怎样的形式。这种简单的变化，过去几代人数百年后，肯定会有一个后代打在镰刀弯臂上的印记与某个祖先的完全一致，冥冥中他们叠合在一起。那把千年前的镰刀，又神秘地、不被觉察地握在某个人手里。他用它割麦子、割草、芟树枝、削锨把儿和鞭杆……千百年来，就是这些永远不变的事情在磨损着一把又一把镰刀。

打镰刀的人把自己的年年月月打进黑铁里，铁块烧红、变冷、再烧红，锤子落下、挥起、再落下。这些看似简单、千年不变的手工活，也许一旦失传便永远地消失了，我们再不会找回它。那是一种生活方式。它不仅仅是架一个打铁炉，掌握火候，把一块铁打成镰刀这样简单的一件事，更重要的是打铁人长年累月、一代一代积累下来的那种心理，通过一把镰刀对世界人生的理解与认识，到头来真正失传的是这些东西。

　　吐尔洪·吐迪家的铁匠铺，还会一年一年敲打下去。打到他跟父亲一样的年岁还有几十年时间呢，到那时不知生活变成什么样子。他是否会像父亲一样，虽然自己当初不愿学打铁，却又硬逼着儿子去学这门累人的笨重手艺。在这段漫长的铁匠生涯中，一个人的想法或许会渐渐地变得跟祖先一样古老。不管过去多少年，社会怎样变革，我们总会在一生的某个时期，跟远在时光那头的祖先们，想到一起。
　　吐尔洪从父亲吐迪那里，学会打铁的所有手艺，他是否再往下传，就是他自己的事了。那片田野还会一年一年地生长麦子，每家每户的一小畦麦地，还要用镰刀去收割。那些从铁匠铺里，一锤一锤敲打出来的镰刀，就像一弯过时的月亮，暗淡、古老、陈旧，却永不会沉落。

捉 迷 藏

我从什么时候离开了他们——那群比我大好几岁的孩子，开始一个人玩。好像有一只手把我从他们中间强拉了出来，从此再没有回去。

夜里我躺在草垛上，听他们远远近近的喊叫。我能听出那是谁的声音。他们一会儿安静，一会儿吵闹，惹得村里的狗和驴也鸣叫起来。村子四周是黑寂寂的荒野和沙漠。他们无忌的喊叫使黑暗中走向村子的一些东西远远停住。我不知道那是些什么东西，是一匹狼、一群乘夜迁徙的野驴、一窝老鼠。或许都不是。但它们停住了。另一些东西闻声潜入村子，悄无声息地融进墙影尘土里，成为村子的一部分。

那时大人们已经睡着。睡不着的也静静躺着。大人们很少在夜里胡喊乱叫，天一黑就叫孩子回来睡觉。"把驴都吵醒了。驴睡不好觉，明天咋拉车干活。"他们不知道孩子们在黑夜中的吵闹对这个村子有啥用处。

我那时也不知道。

许多年后的一个长夜，我躺在黑暗中，四周没有狗叫驴鸣、没一丝人声，无边的黑暗压着我一个人，我不敢出声。呼吸也变成黑暗的，仿佛天再不会亮。我睁大眼睛，无望地看着自己将被窒息。这时候，一群孩子的喊叫声远远响起，越来越近、越来越近。

他们在玩捉迷藏游戏。还是那一群孩子。有时从那堆玩泥巴的尕小子中加进来几个，试玩两次，不行，原回去玩你的尿泥。捉迷藏可不是谁都能玩的。得机灵。"藏好了吗。""藏好了。"喊一声就能诈出几个傻小子。天黑透了还要能自己摸回家去。有时也会离开几个，走进大人堆里再不回来。

夜夜都有孩子玩，夜夜玩到很晚。有的玩着玩着一歪身睡着，没人叫便在星光月影里躺一夜，有时会被夜里找食吃的猪拱醒，迷迷糊糊起来，一头撞进别人家房子。贼在后半夜才敢进村偷东西。野兔在天亮前那一阵子才小心翼翼钻进庄稼地，咬几片青菜叶，留一堆粪蛋子。也有孩子玩累了不想回家，随便钻进草垛柴堆里睡着了。有人半夜出来解手，一蹲身，看见墙根阴影里躺着做梦的人，满嘴胡话。夜再深，狗都会出来迎候撒尿的主人，狗见主人尿，也一撇腿，洒一股子。至少有两个大人睡在外面。一个看麦场的李老二，一个河湾里看瓜的韩老大。孩子们的吵闹停息后两个大人就会醒来。一个坐在瓜棚，一个躺在粮堆上。都带着狗。听见动静人大喝一声，狗狂叫两声。都不去追。他们的任务只是看住东西。整个村子就这两样东西由人看着。孩子们一散，许多东西扔在夜里。土墙一夜一夜立在阴影里，风嗖嗖地从它身上刮走一粒一粒土。草垛在棚顶上暗暗地下折了一截子。躺在地上的一根木头，一面黑一面白，像被月光剖开，安排了一次生和死的见面。立在墙边的一把锨，搭在树上的一根绳子，穿过村子黑黑地走掉的那条路。过去许多年后，我们会知道这个村子丢失了什么。那些永远吵闹的夜晚。有一个夜晚，他们再找不见我了。

"粪堆后面找了吗。看看马槽下面。"

"快出来吧。我已经看到了，再不出来扔土块了。"

谁都藏不了多久。我们知道每一处藏人的地方。知道哪些人爱往哪几个地方藏。玩了好多年，玩过好几茬人，那些藏法和藏人的地方都已不是秘密。

早先孩子们爱往树上藏，一棵一棵的大榆树蹲在村里村外，枝叶稠密。一棵大树上能藏住几十个孩子，树窟里也能藏人。树上是鸟的家，人一上去鸟便叽叽喳喳叫，很快就暴露了。草丛也藏不住人，一蹲进去虫便不叫了。夜晚的田野虫声连片，各种各样的虫鸣交织在一起。"有一丈厚的虫声。"虫子多的年成父亲说这句话。"虫声薄得像一张纸。"虫子少的时候父亲又这样说。父亲能从连片的虫声中听出田野上有多少种虫子，哪种虫多了哪种少了，哪种虫一只不留地离开这片土地远远走了，再不回来。

我从没请教过父亲是咋听出来的。我跟着他在夜晚的田野上走了许多次后，我就自己知道了。

最简单的是在草丛里找人。静静蹲在地边上，听哪片地里虫声哑了，里面肯定藏着人。

往下蹲时要闭住气，不能带起风，让空气都觉察不出你在往下蹲。你听的时候其他东西也在倾听。这片田野上有无数双耳朵在倾听。一个突然的大声响会牵动所有的耳朵。一种东西悄然间声息全无也会引来众多的惊恐和关注。当一种东西悄无声息时，它不是死了便是进入了倾听。它想听见什么。它的目标是谁。那时所有的倾听者会更加小心寂静，不传出一点声息。

听的时候耳朵和身体要尽量靠近地，但不能贴在地上。一样要闭住气。一出气别的东西就能感觉到你。吸气声又会影响自己。只有静得让其他东西听不到你的一丝声息，你才能清晰地听到他们。

我不知道父亲是不是用这种方式倾听，他很少教给我绝活。也许在他看来那两下子根本不叫本事，看一眼谁都会了。

那天黄昏我们家少了一只羊，我和父亲去河湾里找。天还有点亮，空气中满是尘烟霞气，又黄又红，吸进去感觉稠稠的，能把人喝饱似的。

河湾里草长得比我高。父亲只露出一个头顶。我跳个蹦子才能探出草丛。

"爬到树上看看去。"父亲说。我们走了十几分钟，来到那棵大榆树下面。

"看看哪一片草动。"父亲在树下喊。

"一河湾草都在动。"我说。

"那就下来吧。"

父亲坐在树下抽起了烟，我站在他旁边。

"没一丝风草咋好像都在动。"我说。

"草让人和牲口打搅了一天，还没有消停下来。"父亲说。

我知道父亲要等天黑，等晚归的人和牲口回到家，等田野消停下来。那时，细细密密的虫声就会像水一样从地里渗出来，越漫越厚、越漫越深。

韩老二一回来，地里就没人了。他总是最后收工。今天他还背了捆柴火，也许是一捆青草。背在右肩膀上。你听他走路右脚重左脚轻。

父亲没有开口，我听见他心里说这些话。

那时候我只感觉到大地上声音很乱、很慌忙也很疲惫。最后一缕夕阳从地面抽走的声音，像一根落地的绳子，软弱无力。不像大清早，不论鸡叫驴鸣、人畜走动、苍蝇拍翅、蚂蚱蹬腿，都显得非常有劲。我那时已能听见地上天空的许多声音，只是不能仔细分辨它们。

天已经全黑了。天边远远地扔着几颗星星，像一些碎银子。我们离开那棵榆树走了十几分钟。每一脚都踩灭半分地的虫声。我回过头，看见那棵大榆树黑黑地站在夜幕里，那根横杈像一只手臂端指着村子。它的每片叶子都在听，每个根条都在听。它全听见了，全知道了。看，就是那户人家。它指给谁看。我突然害怕起来，紧走了几步。

这个横杈一直指着我们家房子。刚才在树上时，我险些告诉了父亲。话都想出来了，不知为什么，竟没发出声。

父亲在前面停下来，然后慢慢往下蹲。我离他两三米处，停住脚，也慢慢蹲下去。很快，踩灭的虫声在我们身边响起来，水一样淹没到头顶。约摸过了五分钟，父亲站起来，我跟着站起来。

"在那边，西北角上。"父亲抬手指了一下。

我突然想起那棵大榆树，又回头望了一眼。

"东边草滩上也有个东西在动。"我说。

"那是一头牛。你没听见出气声又粗又重。"父亲瞪了我一眼。

我想让他们听见我的声音。我渴望他们发现我。一开始我藏得非常静，听见他们四处跑动。

"方头，出来，看见你了。"

"韩四娃也找见了，我看见冯宝子朝那边跑了，肯定藏在马号里。就剩下刘二了。"

他们说话走动的声音渐渐远去，偏移向村东头。我故意弄出些响声，还钻出来跳了几个蹦子，想引他们过来。可是没用，他们离得太远了。

"柴垛后面找。"

"房顶上。"

"菜窖里看一下。"

他们的叫喊声隐隐约约，我原藏进那丛干草中，掩好自己，心想他们在村东边找不到就会跑回来找。

我很少被他们轻易找到过，我会藏得不出声息。我会把心跳声用手捂住。我能将偶不小心弄出的一点响声捉回来，捏死在手心。

七八个，找另外的七八个。最多的时候有二三十个孩子，黑压压一群。我能辨出他们每个人的身影，当月亮在头顶时他们站在自己的阴影里，额头鼻尖上的月光偶尔一晃。我能听出每个人的脚步声，有多少双脚就有多少种不同的落地声。我能听见他们黑暗中回头时脖颈转动的声音。当月亮东斜，他们每个人的影子都有几百米长，那时我站得远远的，看看地上的影子就能认出这是谁的头那是谁的身子。他们迎着月光走动时影子仰面朝天躺在地上，鼻子嘴朝上，蹲下身去会看见影子的头部有一些湿气般的东西轻轻飘浮，模模糊糊的，那是说话的影子，稍安静些我就能辨出那些话影的内容。

我躬着腰跟在他们后面。有时我不出声地混在他们中间，看他们四处找我。

"就差刘二一个没找见。看看后面。往草上踏。"

一次我就躺在路上的车辙里，身上扔了一把草，他们来来回回几次都没看到。

"谁把草掉在路上了。"一个过来踢了一脚。

"走吧，到牛圈里找去。"另一个喊。

一只脚贴着我的耳朵边踩过去。是张四的脚，他走路时总是脚后跟先落地。

"刚才我就觉得奇怪，白天没人拉草，路上怎么会掉下草。"

"悄悄别吭声，过去直接往草上踏。踏死鬼刘二。"

他们返回来时我已经跟在后面。我走路不出一点声，感觉心里有一双翅膀无声地扇动，脚踩下时，心在往上飞升，远远地离开地。

我藏在他们找过的地方。藏在他们的背影里。一回头，我就消失。我知道人的左眼和右眼中间有一个盲区，刚好藏住一个孩子的侧影，尤其夜里它能藏住更多东西。

有一次，我双腿勾住一根晾衣绳倒挂在半空里。绳上原来搭着一条大人裤子。

"藏好了没有？开始找了。"

他们叫喊着走出院子。我从另一个豁口进来，扯下绳上的裤子，把自己搭上去。

过了好一阵他们回来了，先是说话声，接着一群倒竖着的人影晃进院子。夜色灰蒙蒙的，像起了雾。有个人举手抓住绳子坠了几下，我在上面摆动起来，黑黑的，一下一下，眼看碰上一个人的后背，又荡回来。

夜又黑了一些，他们站在院子里，好一阵一句话不说，像瞌睡了，都在打盹。又过了一阵有人开始往外走，其他人跟着往外走，院子里变空了，听见他们的脚步声在马路上散开，渐渐走远，像一朵花开败在夜里。这时下起了雨，雨点小小的。有一两滴落进鼻孔，直直滴到嗓子里。我还在不停地晃动，雨点细细地打在身上，像一群轻手轻脚的小蚊虫。我像一条忘记收回去的裤子，就这样在黑夜里被雨慢慢淋湿。我觉得快要睡过去，一伸腿，从绳上掉下来，爬起来打了把土，没意思地回家去了。

这次也一样没意思，我一直藏到后半夜，知道再没有人来找我，整个村子都没声音了。听到整个村子没声音时，我突然屏住气，觉得村子一下变成一个东西。它猛地停住,慢慢蹲下身去,耳朵贴近地面。它开始倾听,它听见了什么。什么东西在朝村子一点一点地移动,声音很小、很远,它移到村子跟前还要好多年,所以村子一点不惊。它只是倾听,也从不把它听见的告诉村里的人和牲畜,它知道自己什么时候起身离开。或许等那个声音到达时,我、我们,还有这个村子,早已经远远离开这地方,走得谁都找不见。不知村子是否真听到了这些。不管它在听什么我都不想让它听见我。它不吭声。我也不出声。村子静得好像不存在。我也不存在。只剩下大片荒野,它也没有声音。

这样不知相持了多久,村子憋不住了。一头驴叫起来,接着另一头驴、另外好几头驴叫起来,听上去村子就像张着好几只嘴大叫的驴。

我松了口气,心想再相持一会儿,先暴露的肯定是我。因为天快要亮了,我已经听见阳光唰唰地穿过遥远大地的树叶和尘土,直端端奔向这个村子。曙光一现,谁都会藏不住的。而最先藏不住的是我。我蹲在村东大渠边的一片枯草里,阳光肯定先照到我。

从那片藏身的枯草中站起的一瞬我觉得我已经长大,像个我叫不上名字的动物在一丛干草中寂寞地长大了,再没地方能藏住我。

我翻过渠沿,绕过王占家的房子,像个大人似的迈着重重的步子,踏上村中间那条马路。村子不会听见我,它让自己的驴叫声吵懵了。只有我知道我在往家走,而且,再不会回到那群捉迷藏的孩子中了。

大 树 根

我们家猪圈全是用树根垒的。几百个树根，一个挨一个垒成一人高的树根墙。有榆树根、胡杨树根、沙枣树根，全是我们从村子周围的荒滩上挖来的。

我们搬到黄沙梁时，村外的荒野上只剩几棵粗大的歪榆树。生长最多的是红柳、铃铛刺、碱蒿之类的灌木，当中不时看到大大小小的干死树根。我们挖树根烧火，烧不掉的码起来垒成猪圈羊圈。大部分树根底部已腐，露在外面的树桩也已干枯，两镢头便能砸下来。也有的树根坚硬结实，根系紧扣大地，镢头碰上去发出沉闷深远的回响，那是从树根扎入的土地深处传来的声响，让人震惊，握着镢头站在野滩上发愣。

我们在野外挖过一棵巨大无比的树根。树用斧头砍掉的，树桩高出地面有一米，我们兄弟三个手拉手也没把这个树桩围住。

这么大一棵树让谁砍去了。在村里我们从没见过这样粗大的木头，它不可能被藏起来。它躺在地上也有一人高。这样巨大的东西不会轻易消失，或许它被剖开劈碎，一小块一小块分散在哪个院子里。或许流落到别处。或许，它就在黄沙梁某个阴沟荒地里，一年年地腐朽成土，我们已经认不出它。

那天我们赶牛车到荒野上砍柴，近处的柴被人砍光了，我们赶车往远处走。远处看上去柴很多，红柳、梭梭一连片。走近了才发现一样稀稀拉拉、东一棵西一棵，我们再往前走，结果就碰见这个大树根。停下来端详半天，都有点不敢相信，还有这么大的一个树根。

老大从车上取下镢头，抡圆了朝树根砸去，镢头被弹回来，脚下的地一阵颤动，从树根深处传来的巨大响声震惊了我们，像三个矮树桩一样呆立在那里。那响声太可怕了。野滩再没有人，也没一丝其他声音，村庄远远地蹲着，像个不敢出头露面的小动物。我们呆站着，直到脚下的地不再颤动，那响声原回到树根深处。

老三说，大哥，我们不挖这个根了，砍些红柳回家吧。

不挖就让别人挖走了。老大说。

要不留个人看着，回家喊父亲去。老三说。

老二没有说话。他觉得认识这棵树。在哪见过。整个树身葱茏巨大地立在空气中，枝枝丫丫他都异常熟悉。好像自己在这棵大树的某个枝丫上生活过。树干上的那个洞，树梢上的鸟窝，春天时向南的那些枝条最早吐出绿芽他都记得清清楚楚。他还记得伸展在地下的庞杂根须，向东、向西、向南各展开一条粗大主根，倾斜着扎向土地深处。众多毛根交织在四周。他觉得自己在这棵树的根下枝上都生活过，留下那么多自己都不敢相信的往事。他还记得向西那支主根下面一条幽深暗河，水哗哗啦啦冲打着根须，从暗处流向更暗处。那已是离主干很远的地方了。根扎得那么深远似乎不仅仅为了吸收水分。根在伸展中逐渐有了意识，它自己朝深远处去了。当一条主根朝地深处扎去时，它的躯干上的一个壮枝，也开始向天高处伸展。它们在最高和最深处，遇见彼此。

现在这棵大树的躯干被砍掉了，像个没头的人。根留在土地中，它无法预知大地上的事情。一棵树在这片土地上生长了千百年后，一群一群的人开始来到这里谋生。

大地像繁衍草木一样开始繁衍人。

一根大树的躯干和根，从此作为对人用途各异的两种木头流落人世。不知码在猪圈墙上的那截秃根，还能否认出担在牛圈棚上皮剥光枝杈砍净的那段躯干呢。

兄弟三个开始挖那棵大树根。

老大挖过很多树根，也同样用镢头砸过很多树根，他认为不要紧，没啥害怕的，那只是木头发出的声音。木头空了，就发出空洞的响声。木头坚实，响声也就实沉。老二也挖过很多树根，还一个人挖过很多大树根，他没有吭声。只有老三对树根发出的声音感到陌生，有点害怕。

在我们的成长过程中，有些声音会渐渐熟悉，却再无法听懂。一根木头第一次对我们发声时，我们不认为那是木头的声音。是什么东西在说话。我们惊恐、震颤、屏息倾听。那一刻我们有可能听懂。后来这种声音一而再地响起时，我们终于认定那只是一根木头发出的声音，就像一个人挨打了会喊叫。

从那时起这件事物的门便对我们永远关闭。

我小的时候乘它们不留意，进入过许多事物的门。现在我站在外面，听人们喧哗与吵闹，一世界的门外汉啊。一件事物的门，可能只对人敞开一次。这个人成了这件事物真相的唯一见识者，以后人们只能通过他的转述认识这件事物，而真相是无法转述的。人们通过转述者看见的只是转述本身。那已是另一件事物了。

如今认识一件事物越来越不容易。所有事物暴露无遗。而进入这些事物的门，却完全地关闭了。甚至人们已经不知道每件事物都有一扇自己的、有可能被人偶然进入的门。人以为自己的嘴便是万物之门，什么都可以被说出来。

我那时候有幸进入一些事物，我想说出它们，说出的却是另外一些东西。就像我写了这么多，离我最初想写的东西越来越远了。

兄弟三个围着树根往下挖土，土得扔远点。得挖一个很大的坑。不断碰到一些毛根，挥斧头砍断，然后再往下挖，挖到一米深了，主根还没出现。老大抡起镢头又要砸树根，想从土地的颤动中辨认主根朝哪个方向延伸。老二拦住了他，用铁锹在东、西、南边各挖了一锹，兄弟三个照着标记挖下去，三条粗大的主根赫然暴露出来。

接下来的活好玩又累人，把主根周围底下的土全挖空，把遇到的支根全砍断，剩下三个主根，像巨爪一样紧抓住地。我们停下来喘会儿气，喝口水啃点馍馍。已经半下午，我们挖这个根把大半天时光耗去了。

砍主根时又听到那种吓人的声音，从土地深远处传上来，持续很久后慢慢消失。挥斧子的手愕然停住，不敢再砍下去。

"砍吧。没事。"大哥说。

响声又一次从地深处传上来。头顶的空气也在颤动。仿佛早被人砍走的那棵大树在空气中使劲晃动。可能天空有记忆。一棵大树的影子，完完整整保存在树根之上的无垠天空。我们的砍伐声再一次触动天空对一棵参天大树的无限念记。从地面，到高远云层，整个天空满满当当地浮现出一棵树，天空在用我们不清楚的方式念记天空下消失的每一样事物。

大地也有记忆。大地一直在深埋有价值的东西。我们一直像一种动物一样在大地上挖掘。我们挖出最多的是埋在土里的死人，他们剩下骷髅、几根骨头，那是我们自己的树根。我们一挖出来就赶紧好好地原埋进土里。我们害怕看见它。

树根拉回家后扔在了房后头。原以为弄了个大东西回来，喜滋滋的。结果什么用处都没有。烧火劈不开。放在院子又占地方，就扔在房后头。

搬家那天其他东西都装上车，父亲端详着大树根，过去蹬了一脚，没动弹。

"唉，扔掉算了，车装不下了。"父亲嘟囔着。

其实我们早就把它扔掉了。

"谁要这个树根，谁要了拿去。"父亲喊叫了一句。周围没人应。

谁要这个树根，父亲又喊叫了一句，周围来帮忙的、看热闹的人全笑起来。我们愣了一下，也全笑起来。

还想补充一些。挖那个大树根耗掉了我们兄弟三个不少力气。如果我们以后没干成别的什么大事，那是因为我们在一棵大树根上耗掉了太多力气。

砍断那三个檩子般粗的主根要费多大劲，就不说了。最艰难的是把树根从坑里弄出来装到车上。活是这样完成的：把车卸了，一根绳绑在树根上，让牛在上面拉，我们在坑里推，滚动一点，拿木块垫住，缓一阵，再往上滚一点，再停住缓口气。直折腾到人和牛都没有力气了才把树根请出坑。往车上装稍省劲些，车头扬起来，车尾着地，把树根往车上滚，上去一点，把车头压下来，树根就到车上了。

树根一装上去车就嘎巴巴响，一块车箱板压断了。好在车轱辘没压扁。

再补充几句，树根挖走后地上留下一个大深坑。走出很远了我还回头看见那个大深坑。以后很多年我经常想起那个大深坑。

至于那个大树根，已经不见了。我问冯三谁拿走了。冯三说不知道。问房后面的陈三元，说好像早些年还在哩。后来就不见了。我在村里转了一圈，留心在人家院子扫了几眼，也没看见。

后来在邻近几个村子也找了，仍旧没下落。

五千个买买提

　　巴扎日，站在库车河大桥上喊一声买买提，至少有五千个人会答应。

　　维吾尔人重名多。无论走到南疆哪座城镇、哪个乡村，都有许多叫库尔班、司马义、玉素甫这些名字的人。

　　叫买买提的人就更多了。

　　库车老城短短的一条小街上，就有几十个做生意的买买提。这么多买买提怎么区分呢。我的维语翻译库尔班·买买提是县政府退休干部，他父亲就叫买买提。维吾尔人的起名习惯是把父亲的名字缀在后面。库尔班在库车工作生活了几十年，他认识的买买提就有上千个。一天我们转累了，在老城街边的"买买提饭馆"吃烤包子，然后就听他讲起有关买买提的故事。

　　这家饭馆的老板就叫买买提，你看，脖子上搭块毛巾，又黑又壮的那个，人们叫他"喀拉买买提"，意思是"黑买买提"。那个倒茶的伙计，白白胖胖的，都叫他"阿克买买提"（白买买提）。

街对面那两个卖馕的买买提，一大一小，大的叫"琼买买提"（大买买提），小的叫"克齐克买买提"（小买买提）。大家都这样叫，他们也就接受了。要不然没办法，叫一个买买提，过来一群。

还有按职业来区分的。街南边，那个小巷子里打铁的买买提叫"铁匠买买提"。整天穿着制服，在街上收税的买买提叫"工商局的买买提"。斜对过的市场里，一排坐着五个鞋匠，其中有两个买买提。如果都叫"鞋匠买买提"，便又分不清了。正好一个从轮台来的，轮台的补鞋生意全叫内地来的鞋匠抢了，他只好跑到库车。库车老城的鞋匠全是维吾尔族人，他们牢牢占据着墙根街角的有利位置，靠一毛钱两毛钱的小生意维持生计。人们叫他"买买提比古勒"（轮台的买买提）。

更多的是以外号来区分，这条街上几乎每个人都有外号。

街那头，拐过去那条小巷子里，有个做驴拥子的买买提，有名的酒鬼，做一个驴拥子，能喝掉两瓶酒。他的驴拥子顶多能换回酒钱。所以，做了大半辈子皮活儿，还是个穷光蛋。

他做驴拥子时，酒瓶子酒碗放在身边，缝几针，喝一口。一拃长的大铁针，穿上鞋带一般粗的皮条线，针用得发烫了就伸进酒碗里蘸一下。买他的驴拥子根本不用看，鼻子凑上去闻一下，一股酒香气，压过皮子的膻臊味。这样的拥子驴也爱戴，人自然喜欢买。有趣的是，买买提酒喝得越多，皮活儿做得越细。两瓶酒下肚，身子不晃，手不抖，针脚走得又匀又细，驴拥子上的酒香味也更足。人们给他的外号叫"肖旁"（酿酒房）——买买提肖旁。

还有一个买买提，整天没事干，在街上闲转，看哪家饭馆哪个烤肉摊上有认识的人，就凑上去白吃白喝。人们都叫他"哈勒达"（口袋）。

另外一个爱混饭吃的买买提，混了一个"波劳"（抓饭）的外号。他的真名都没人叫了。

早几年，街上有个卖烤肉的买买提，每逢巴扎日，他的烤肉摊前便摆满卖衣服杂货的地摊。他发现有个卖"卡拉西"（套鞋）的，生意特好，他卖十串烤羊肉，人家就卖两三双套鞋，他过去一打问，人家卖一双套鞋挣的钱，比他卖十串烤肉的利润还高。买买提一下子动心了，烤肉炉子停掉，租了辆卡车，从乌鲁木齐贩了一车"卡拉西"，堆在烤肉炉子旁叫卖。

当地的维吾尔人喜欢在鞋或靴子外套一双鞋，主要为了保护皮靴子。套鞋多用橡胶制作，一种圆头的叫"玉德克卡拉西"，套在马靴或皮鞋外面穿。一种尖头的叫"买赛卡拉西"，套在较体面的软底皮靴上，多为老年人和阿訇穿。伊斯兰教徒到清真寺做礼拜，要脱鞋才能进大殿。如果穿高勒皮鞋，外面套套鞋，只需脱掉套鞋便可进入，没穿套鞋的则要全部脱掉。

到维吾尔人家做客，有穿鞋上炕的习惯，光脚上炕被认为是不礼貌。炕上铺地毯或花毡，穿鞋上去很容易弄脏。所以，有了套鞋便方便了，上炕只需脱掉套鞋就可以了。

那些土巷土路上行走的维吾尔人，雨天蹚泥，晴天蹚土，幸亏有一双套鞋护着鞋子。维吾尔人爱惜自己的鞋子，一双好皮靴穿半辈子，套鞋磨破一双又一双，皮靴的底还好好的，跟新的一样。

买买提的那一车套鞋却把自己套了进去，他进价太高，没人要。嗓子都叫哑了，也没卖掉几双。全库车人都知道这条街上有个卖烤肉的买买提，卸了一大车卡拉西在卖，却没人过来买一双，人们给他起了个外号，叫"卡拉西"（套鞋）。尽管他现在早不卖套鞋，又架起炉子卖烤肉了，人们还这样叫他，恐怕要叫一辈子。

还有一些买买提，名字后面缀上自己妻子的名字，就像买买提·阿依古丽，买买提·热依汗。都是些没名气的买买提，一没特长，二没缺陷，不好区别。妻子的名声都比他大，只好把妻子的名字带上，不然就混到千万个买买提中找不见了。

女人的重名更多。库车四十万人，二十万女人，大概有十万个"古丽"（花朵）。要区分起来，比买买提更复杂，也更有意思。好在我们一辈子认识不了多少个古丽，那些千姿百态争芳斗妍的古丽，见一面就能记住，有多少也不会忘记。

逛 巴 扎

████████ 库车的万人巴扎许多年前便在全疆闻名。每逢周五，千万辆毛驴车从远近村镇拥向老城。田地里没人了，村子里空掉了，全库车的人和物产集中到老城街道上。街上盛不下，拥到河滩上。库车河水早被挤到河床边一条小渠沟里，人成了汹涌澎湃的潮水，每个巴扎日都把宽阔的河滩挤满。

库车四万头毛驴，有三万头在老城巴扎上，一万头奔走在赶巴扎的路上。一辆驴车就是一个家、一个货摊子。男人坐在辕上赶车，女人、孩子、货物，全在车厢上。车挨车、车挤车，驴头碰驴头，买卖都在车上做。

库车县每星期有七个大巴扎。周五老城巴扎，周六东河塘巴扎，周日牙哈乡巴扎，周一玉奇乌斯坦巴扎，周二阿拉哈格巴扎，周三齐满乡巴扎，周四哈尼哈塘木巴扎，周五又转回老城。

　　库车的物产，大多半就装在那些毛驴车上，不停地在全县转。从一个乡到另一个乡，从一个巴扎到另一个巴扎，把驴蹄子都跑短了。

　　一筐半生西红柿，转遍七个巴扎回来，就彻底红透了。价格却由原先每斤一块掉到七毛。

　　半麻袋黄瓜，转上三个巴扎卖不完，剩下的只能喂驴了。

　　熟透的杏子，一两个巴扎卖不出去，就全烂在筐里。一大早摘的无花果，卖到中午便不能看了。越鲜美的东西就越难留住。

　　最经卖的是那些干货：葡萄干、杏干、无花果干，还有麦子、苞米、枣、巴旦木。能从一个巴扎到另一个巴扎，无限期地卖下去。今年的新杏干已经上货，去年前年的旧杏干，还剩在谁手里，摊开、收起、再摊开。

　　在老城的贫穷日子里，总有一些食物富余到来年卖不出去。想吃它的人没钱，只好把一口食欲压抑到明年。有钱的人早吃够了。去年冬天，谁的嘴没嚼上一口酸甜杏干，今年夏天不知他是不是补上了。

　　那些各种各样的干果，在轮回的转卖中，在库车特有的烈日和尘土下，渐渐有了一种古旧的色泽，它们更耐看了。只是，它们的甜不知还在不在里面。一年年的尘土落在上面，却看不见。仿佛那些尘土被它们吸收，成了它们的一部分。在老城那些世代相传的买卖人手里，不知有没有半筐一千年前的杏干，一直卖到今天。

我有幸一次次地走进老城巴扎。我不买什么东西，也没啥要卖的。我和那些喜欢逛巴扎的维吾尔人一样，只是逛一种闲情。看哪儿人多，热闹，就凑过去。

并不是每个人上巴扎都做生意。

每个巴扎都是一个盛大节日。

女人在巴扎上主要为了展示自己的服饰和美丽，买东西只是个小小的借口。女人买东西，一个摊位一个摊位地挑，从街这头到那头，穿过整个巴扎，再转回来，手里才拿着一点点东西。

年轻小伙上巴扎主要是看漂亮女人。

没事干的男人，希望在巴扎上碰到一个熟人，握握手，停下来聊半天。再往前走，又遇到一个熟人，再聊半天，一天就过去了。聊高兴时说不定被拉到酒馆里，吃喝一顿。

我到巴扎上什么都看，什么声音都听，遇到新鲜事情就蹲下来仔细打问。我觉得，我比那些在巴扎上收税的戴大盖帽的税务员，更了解这些做小买卖的。一次，我看见几个税务员，从一位卖奥斯曼草的妇女手里，强收了三块钱的工商税。最后，那个妇女收拾起卖剩的几小束奥斯曼草，哭着回家去了。

我不知道那个妇女的家庭情况，不知道那三块钱对她意味着什么。但我清楚，那些卖奥斯曼草的妇女，一天都挣不了三块钱。

当然，巴扎上更多的是热闹，是有意思的事情，我随便写了几件，有兴趣你就看看。就像公驴上巴扎主要不为拉车而是为了看年轻母驴，谁在巴扎上都有自己的兴趣，别人并不十分清楚。

最小的生意

早晨，我走过沙依巴克街时，看见一位维吾尔妇女，面前摆着几小把奥斯曼在卖，几个年轻女人围着挑选，已经卖出去一把，收回来五毛钱。我数了数，她总共有七小把奥斯曼，全卖完能收入三块五毛钱，其中的本钱是多少我就不知道了，或许是她自己种的，或许是两三毛钱一把从别处批发的，守一天卖掉，挣一块多钱。

这还不是最小的生意。离她不远，另一位蒙面妇女，面前摆着拇指粗细的七八把香菜，一把卖两毛钱，菜叶上洒了水，绿盈盈的。看装束是城里妇女，或许从赶集的农民那里，四毛钱买来一把香菜，再分成更小的七八把，摆在街上卖。

下午我转过来时，见她面前还摆两小把香菜，叶子已经蔫了，看样子卖不掉了。街上人已经不多，她挪动着身子，像有收拾回家的意思，又抱着一点点希望，等着朝这边走来的几个人。

我大概算了算，她这笔买卖，除掉本钱，最多挣八毛钱，还赚了两小把香菜，够晚上做羊肉揪片子用了。

还有一个卖针线的小女孩，几十根不同大小的针，插在一顶小花帽上，每根针上穿一截不同颜色的线。一根针卖几分钱，一根一根地卖。

我离开巴扎时，看见那个抱了一只歪葫芦，卖一天没卖掉的老汉还坐在墙根。他看上去表情安静，目光平和地看着街上渐渐散去的人，又像望着更远处我不知道的什么地方。他的歪葫芦在夕阳下发着红色艾得兰斯绸的光泽。我知道这种老式葫芦，已经很少见了，知道它香甜味道的人也可能不多了。

明天后天，这只葫芦和这个老汉，还会出现在周边乡镇的巴扎上。下一个礼拜五，说不定他又转回来，坐在这个墙根，还抱着那只歪葫芦。

我没上前去问那只葫芦的价格。我知道不会太贵，三块两块，就买来了。

老式瓜菜

在沙依巴克街的瓜菜市场上，老式的西红柿、甜瓜、土毛桃，矮小的芹菜、萝卜，一筐一筐摆在那里。几十年前我们吃过的那些未经"改良"的瓜菜，几乎都能在这里找到。我看到一位农民，筐里放着几个又小又难看的甜瓜。我觉得眼熟，问名字，"克克奇"。我小时自家的菜园里就种过这种叫克克奇的小甜瓜，秧扯得不长，瓜也小小的，一棵秧上结三四个。奇甜，还有一种很浓郁的特殊香味。

那时候，在一些人家的小菜园里，总有几样别人家没有的稀罕瓜菜。都是些古老品种，靠主人一年年地传种下来。我们家的克克奇，就是母亲每年拣最甜最饱满的瓜留下种子，在窗台上晾干，来年再种，可是后来就再见不到了。我们都不知道是哪一年忘记种了。那种特殊的浓郁香甜味，从我们的生活中消失的时候，竟都没有被觉察。

库车这块土地上是否还遗留着一座人类古老的菜园子，我们喜爱的那些在别处早已绝迹的老式瓜果蔬菜全长在那里。

但我知道，那些珍贵的种子，只保存在个别一些农人手里。他们喜爱那些土瓜果，每年在自家菜园种几棵，产量不高，果实也不大，卖不了几个钱。只是自己喜欢那种味道，就一年年地种了下来。如果有一年他们忘记种了，或者，他们仅有的几颗种子叫老鼠偷吃了，一种作物便会从这片土地上消失。

我们培育改良的又大又好看的瓜果长满大地。它们高产，生长期短，合适卖钱，却不合适人吃，它把人最喜爱的那些味道丢掉了。"改良"的结果是，人最终会厌恶土地，它再也长不出人爱吃的东西。

事实就是这样，我们改良成功一种物种，老品种便消失了。没有谁负责为那些老品种留下样种，到最后，我们都不知道人类最初吃的是什么样的东西。

如果改良错了，路走绝了，我们从哪里重新开始？

当年政府用高大的关中驴改良库车小毛驴时，就是因为有许多驴户抵制，许多母驴自发反抗，跑到庄稼地和草湖躲藏起来，才会有古老可爱的库车毛驴保留到今天。

但作物不会躲藏，它们只有消失，永远消失。

坎土曼的卖法

那些摆在街边待卖的坎土曼，就像维吾尔人的脸，刃部跟他们的下巴一样尖长。每一只一个样子，整整齐齐摆着。这只被买走了，那只依旧静静待着。它们似乎早就知道自己最终在哪块地里挖卷刃子，所以一点不着急。

卖坎土曼的老人也早知道了自己的命运，他更不着急。坐在摆放整齐的坎土曼后面，双眼微眯。他不吆喝，也不还价。大坎土曼十八块小的十五块，就这个价钱这个货，没啥好商量的。卖掉一只算一只，卖不掉的，傍晚收回家去，第二天又摆在这块地方。他从不挪窝，错过的人有的是时间再回头。钱不够的人，也有足够的时间去把钱凑够。他唯一要做的一件事就是等。等到坎土曼生锈，落满沙土。等到那些挑剔的人，转遍全库车的铁器摊铺再回来。等到库车河边的引水大渠，被泥沙淤死。又要新开一条百里长渠了，全县一半劳力投入挖渠，坎土曼又一次派上大用处，供不应求。

他的坎土曼按大、中、小三排，在地上摆成整齐的梯形，卖掉一只，他会从铁匠铺进一只补上，卖得再多梯形也不会残缺。这是他的牌子，几十年不变。那些低头转街的人，只要路过这儿，看见坎土曼摆成的梯形，就知道是他的摊子，价格、货都不用问，想买的挑选一只，钱一付就走，不会有任何变动。

那些卖坎土曼的，没有招牌，没有铺子，就街边一小块空地，东西就地一摆，但每个人都摆出一种样子，绝不会有重复。

你看那个大热天戴皮帽子的老汉，他的坎土曼沿街边摆成一长溜子，从小往大排过去，他蹲在尽头，像一只最大号的坎土曼。买货的人从那头挑选过来，好一阵才能走到这头。

那个光头巴郎（男孩）的坎土曼，一只一只插在地上，好像每一只都正在挖土，远远看去有上百只坎土曼在挖那块地。

而另一位白胡子老汉的坎土曼，也是立在地上卖，却全部刃口向上，仿佛干完了活，全都白刃朝天晒太阳呢。

还有的坎土曼挂在墙上卖，像一张张维吾尔人的铁青脸谱。

只要这条街道不变，卖坎土曼人的摊位就不变，每个摊子上坎土曼的摆法更不会变。一个一个巴扎，一年又一年地摆卖下去，就成了这条老街上的名牌摊铺，全库车人都会知道。远在塔里木河边草湖乡的农民，活儿干累了靠在埂子上，边抽莫合烟边摆弄自己的坎土曼：我这把嘛，是在老城"一长溜子"上买的，快得很，一点点泥巴都不沾。我的坎土曼嘛，另一个说，是在"梯形"那里买的，钢硬得很，挖柴火时当镢头一样用，从来不卷刃子。

能变成钱的东西

各种各样的吃食，冒着香味儿等候那些嘴和肚子。有钱人吃的抓饭、拌面、缸缸肉，没钱人吃的馕、羊杂碎。在以抓饭闻名的乌恰市场，我看见几个妇女卖煮熟的洋竿蛋，两毛钱一个，四毛钱、六毛钱就能吃饱肚子——老城的穷人给乡下来的更穷的人们备下简单实在的廉价食物。

赶一天巴扎不能空着手空着肚子回去。

有数的两筐杏子、一麻袋青菜，价格卖好了能吃一盘素抓饭、两个烤包子，卖不好就只有啃自带的干馕子。收成是可以想到的，一年里只有几样东西能变成钱：不多的几棵树上的杏子、一小畦没种好的辣子和西红柿。地里的麦子刚够自己吃，埂子上的几行苞谷，早掰掉煮青棒子吃了。屋后的白杨，长粗还得几年。几只土鸡的蛋，一个个收起来，不知够不够换茶叶和盐。儿子眼看就长大了，要盖房子娶媳妇。对于大多数人，永远不会有意外的收入。只有可以想到的一些损失：那些杏树中的一两棵，杏花被大风吹远，白长一年。不坐果的杏树，密密麻麻长满叶子，遮阳光、挡风雨，秋天落下来，喂羊喂驴。还有那几亩麦子，种不好了一半是草，种再好也不会有剩余的，总要损一些养活鸟和老鼠，这些都在意料之中。一年一年，几袋麦子一两只羊，陪伴一家人的日子。父亲老掉了，儿女莫名其妙地长大，不会有更多的快乐幸福，但也不会再少。县上的统计报表中，有这些贫困村庄的人均收入，少得不能再少。有没有一份报表，统计这些人的笑声。他们一年能笑多少回，今年和去年的笑声，是否一样多，哪一年人们的笑声减少了。有没有人去问问那些忧郁沉默的人，你怎么不笑，怎么好长时间听不见你的笑声了。有没有人去问那些快乐欢笑的人，你高兴什么呢，有什么高兴事让你一年四季笑个不停。

眉毛的粮食

有一种叫奥斯曼的草，维吾尔人称它为"眉毛的粮食"，据说有生眉养眉的功能。在库车农村，几乎每家房前屋后都种一些，女人们用奥斯曼的叶汁涂抹眉毛，久而久之，眉毛便像吸足了养分的庄稼一样，变得乌黑发亮。

这种"眉毛的粮食"学名叫菘蓝，株秆粉红，叶子深绿，种在庭院里既可当花欣赏，又随时随地可采叶描眉。一位妇女，只需种三五株就够一年用了，用不完的拿到巴扎去卖。扎成小束，一束卖五毛钱。城里妇女们的眉毛比乡下妇女更饥渴，她们有的在花盆里种几株，解燃眉之急，更多的要到巴扎去买。老城巴扎的奥斯曼生意经久不衰，每年都有很多妇女做这种无风险的小生意，靠别人的眉毛挣钱过日子。

　　冬天眉毛"吃"什么呢。维吾尔妇女在春天花红叶绿之时，便采集大量的奥斯曼鲜叶，用挤压出的叶汁拌以适当羊油，制成不腐不烂的眉膏，以备冬天之用。另一种储存方式是像烟叶一样晒干存放，但涂眉效果不如前者。

　　在巴扎上，还能买到一种特殊的头油，是用沙枣树的树胶制成的。据说用这种头油抹出的头发又黑又亮，还有股沙枣花的浓香。

　　维吾尔女子最引人注目的美是那双眼睛，而使眼睛熠熠生辉的则是那两弯令人惊异的浓黑眉毛。眉是五官最上一官，美容先美眉，维吾尔妇女似乎天生就知道这个道理。在库车小巷，常看到三两个维吾尔女人迎面走来，还看不清五官容颜时，便已被她们的浓黑眉毛吸引。待走到跟前，眉毛下又黑又深又大的眼睛，笔挺的鼻子，棱角分明的嘴唇，那样的容貌，让人很难移开眼睛，移开了也还会再一次追望上去。

　　按维吾尔人的古老传说，女孩双眉间的距离，决定了日后婚嫁的远近。两条眉毛隔得远的女孩子，一定会嫁到很远的地方。母亲总是希望女儿留在身旁，所以女儿一出生，母亲便用奥斯曼叶汁涂抹她的眉毛，稍大一些，女孩便学会自己用奥斯曼涂抹眉毛。日复一日，年复一年，长大的女儿两弯秀眉紧紧相连，嫁去的地方喊一声就能听见。

　　如今，这种眉毛的粮食已被制成眉笔、眉膏，价格很贵。库车老城的女人们，仍旧喜欢用新鲜奥斯曼的叶汁涂抹眉毛。那些自然的东西，机器一加工便变质了。

村　庄

　　一个人在暗处处理着自己的事情。一村庄
人在暗处处理着各自的事情。这是一大片原野
上的事情。

　　就像草，看起来每一株都孤立生长着，有
各自的根、茎和叶子，有各自的长势和风姿。
可是风一刮一大片都倒了，天一旱一大片都黄
了，春天一到一野都绿了。

　　　　　　　　　　——《劳动是件荒凉的事情》

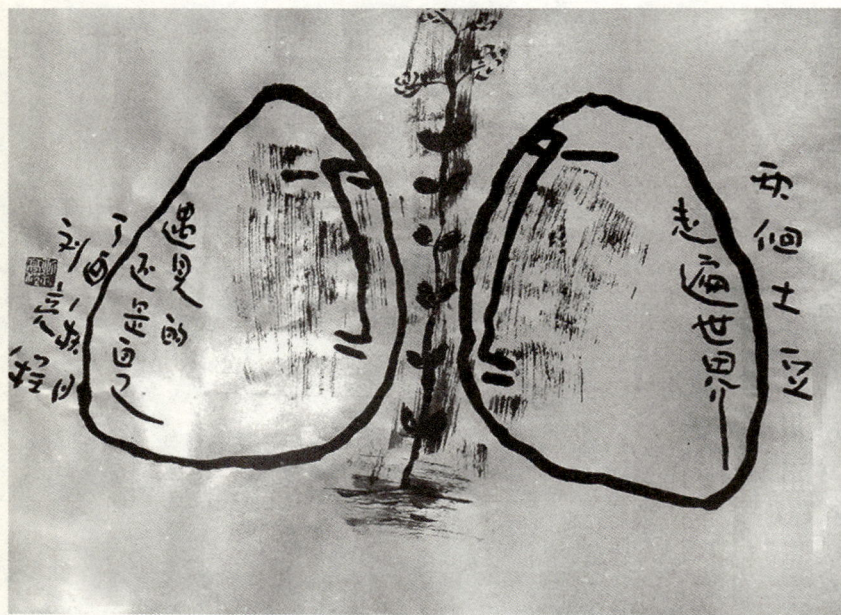

刘亮程画作

炊烟是村庄的根

■■■■■■■ 当时在刮东风，我们家榆树上的一片叶子，和李家杨树上一片叶子，在空中遇到一起，脸贴脸，背碰背，像一对恋人或兄弟，在风中欢舞着朝远处飞走了。它们不知道我父亲和李家有仇。它们快乐地飘过我的头顶时，离我只有一膀子高，我手中有根树条就能打落它们。可我没有。它们离开树离开村子满世界转去了。我站在房顶，看着满天空的东西向东飘移，又一个秋天了，我的头愣愣的，没有另一颗头在空中与它遇到一起。

　　如果大清早刮东风，那时空气潮湿，炊烟贴着房顶朝西飘。清早柴火也潮潮的，冒出的烟又黑又稠。在沙沟沿新户人家那边，张天家的一溜黑烟最先飘出村子，接着王志和家一股黄烟飘出村子。烧碱蒿子冒黄烟，烧麦草和苞谷秆冒黑烟，烧红柳冒紫烟、梭梭柴冒青烟、榆树枝冒蓝烟……村庄上头通常冒七种颜色的烟。

　　老户人家这边，先是韩三家、韩老二家、张桩家、邱老二家的炊烟一挨排出了村子。路东边，我们家的炊烟在后面，慢慢追上韩三家的炊烟，韩元国家的炊烟慢慢追上邱老二家的炊烟。冯七家的炊烟慢慢追上张桩家的炊烟。

　　我们家烟囱和韩三家烟囱错开了几米，两股烟很少相汇在一起，总是并排儿各走各的，飘再远也互不理识。韩元国和邱老二两家的烟囱对个正直，刮正风时不是邱老二家的烟飘过马路追上张元国家的，就是张元国家的烟越过马路追上邱老二家的，两股烟死死缠在一起，扭成一股朝远处飘。

　　早先两家好的时候，我听见有人说，你看这两家好得连炊烟都缠抱在一起。后来两家有了矛盾，炊烟仍旧缠抱在一起。张元国是个火爆脾气，他不允许自家的孩子和邱老二家的孩子一起玩，更不愿意自家的炊烟与仇家的纠缠在一起，他看着不舒服，就把后墙上的烟囱捣了，挪到了边墙上。再后来，我们家搬走的前两年，那两家又好得不得了了，这家做了好饭隔着路喊那家过来吃，那家有好吃的也给这家端过去，连两家的孩子间都按大小叫哥叫弟。只是那两股子炊烟，再走不到一起了。

　　如果刮一阵乱风，全村的炊烟像一头乱发绞缠在一起。麦草的烟软，梭梭柴的烟硬，碱蒿子的烟最呛人。谁家的烟在风中能站直，谁家的烟一有风就趴倒，这跟所烧的柴火有关系。

　　炊烟是村庄的头发。我小时候这样比喻。大一些时我知道它是村庄的根。我在滚滚飘远的一缕缕炊烟中，看到有一种东西被它从高远处吸纳了回来，<u>丝丝缕缕地进入每一户人家的每一口锅底、锅里的</u>饭、碗、每一张嘴。

夏天的早晨我从草棚顶上站起来，我站在缕缕炊烟之上，看见这个镰刀状的村子冒出的烟，在空中形成一把巨大无比的镰刀，这把镰刀刃朝西，缓慢而有力地收割过去，几百个秋天的庄稼齐刷刷倒了。

天边大火

那个夜晚我仍旧睡不着，隆冬的夜色涌进屋子，既寒冷又恐怖。我小心地吹灭灯，我知道这是村里最后一盏亮着的油灯了。荒野深处的黄沙梁村现在就我一个人醒着，我不能暴露了自己。连狗都不叫了，几十户人家像一群害怕的小动物，在大雪覆盖的荒野上紧紧挤成一窝，生怕被发现了。它们在害怕什么呢。这些矮矮的土院墙想挡住什么，能挡住什么呢。

我爬在窗台上，看见村后仅有的几颗星星，孤远、寒冷。天低得快贴着雪地，若不是我们家那根拴牛的木桩直戳戳顶着夜空，我可能看不到稍远处影影绰绰的一大片黑影。我知道它们是一蓬一蓬的蒿草，也可能不是草，白天它们伪装成草，成片地站在荒野中，或一丛一丛蹲在村边路旁，装得跟草似的。一到夜晚便变得狰狞鬼怪，尤其有风的夜晚，那些黑影着了魔似的，嚎叫着，拼命朝村庄猛扑，无边无际都是它们的声音，村庄颤巍巍地置身其中。此刻所有的人都去了风吹不到的遥远梦中。

这个村庄在荒野上丢掉了都没有人知道，它唯一的一条路埋在大雪中，唯一醒着的是我———一个十二岁的孩子。每当夜深人静，我总听到有一种东西正穿过荒野朝这个孤单的村庄涌来，一天比一天更近。我不知道它们是什么，反正一大群，比人类还要众多的一群，铺天盖地。

很小的时候我便知道了发生在大地上的一件事情——父亲告诉我：所有的人们正在朝一个叫未来的地方奔跑，跑在最前面的是繁华都市，紧随其后的是大小城镇，再后面是稀稀拉拉的村庄，黄沙梁太小了，迈不动步子，它落到了最后面。为所有的人们断后的重任自然而然地落在这个小村庄身上，村里人却一点不知道这些。

他们面南背北的房子一年年抵挡着从荒野那头吹来的寒风。他们把荒凉阻隔在村后，长长的田埂年复一年地阻挡着野草对遥远城市的入侵。村里人一点不清楚他们所从事的劳动的真正含义。

天一黑他们便蒙头大睡了，撇下怎么也睡不着的我，整夜地孤守着村子。当他们醒来，天又像往常一样平平安安地亮了，鸡和狗叫了起来，驴又开始撒欢调情，新的一天来了，能过去的都已经过去。只有我，在人们醒来的前一刻，昏睡过去，精疲力竭，没人知道我在长夜中做了什么，看到了什么，为一村人抵挡了什么。

那个夜晚可能起风了，也可能村庄自己走动了。屋顶上呼呼地响起来，是天空的声音，整个天空像一块旧布被撕扯着，村外的枯树林将它撕成一缕一缕了，旷野又将它缝在一起。而挂在屋檐上怎么也撕不走的丝丝缕缕，渐渐地牵动了村子。我不知道村庄正朝哪个方向移动，是回到昨天呢，还是正走向冬天的另一个地方。反正，那个夜晚，村庄带着一村沉睡的人在荒野中奔走，一步比一步更荒凉。

我唯一的想法是弄醒村里人，我想冲出去大喊大叫，敲开每扇紧锁的门紧闭的窗户，喊醒每一个睡着的人，但我不敢出去。那种声音越来越清晰越来越近。我感到满世界只剩下我一个人。多少个夜晚我爬在这个小窗口，望着村后黑乎乎的无垠荒野，真切地感到我是最后面的一个人。

我倾听着一夜一夜穿过荒野隐隐而来的陌生声音，冥想它们是遥远年代失败的一群，被我们抛弃的一群，在浩茫的时间之野上重新强大起来，它们循着岁月追赶而来，年月是我们的路，我们害怕自己在时间中迷失，所以创造了纪元、年、月、日，这些人为的标记也为我们留下了清晰的走向和踪迹。

落在最后的黄沙梁村——这个只有几十户人家的小小村庄，男女老少不到百口人，唯一的武器是铁锨、镰刀和锄头，唯一的防御工事是几条毛渠几道田埂几堵破旧的土院墙，这能抵挡什么呢。人们向未来奔跑，寄希望于未来，在更加空茫的未来，我们真能获得一种强大的力量来抵挡过去。

后半夜时，我好像忽然长大了许多，也许是村庄变得模糊而渺小了，我爬起来，拿了盒火柴便朝长满蒿草的野滩跑去。我的脚步很响，好像压住了那种声音，我只听见我的脚步声嚓嚓地向前移动，开始雪地上纵纵横横满是脚印，后来就没有了。我蹲下去，挨近一蓬蒿草，连划了三根火柴都没点着，我的手和心都抖得厉害。第四根终于划着了，点着了我就往回跑，我长长的影子在我前面跑，越跑越大，最后我看它贴着墙壁一溜烟朝天上跑了。

　　我回过身，身后已是一片火海，整个村庄被照得通亮。我想，这下全村的人都会醒来了，并叫喊着围过来。全村的鸡也会误认为天亮了，齐声鸣叫。狗和驴更不用说了。

　　我呆呆地站在雪地上，看着火越烧越大，巨大的火龙从南到北汹涌翻滚，像要吞噬一切。我不知道呆站了多久，直到后来，火终于熄灭了，夜色重又笼罩那片烧黑的荒野，村子还是静静的，没有一个人醒来，没有一条狗吠，没有一只鸡鸣叫。

劳动是件荒凉的事情

劳动的人把名字放在家里出去了。

劳动不需要姓名。

那是一个人远离另一个人的孤远劳动。一村庄人远离另一村庄人。

同行的老牛不会喊出你的名字。它顶多对你哞一声，像对其他牲口那样。手中的锨只感到你逐渐消失的力气。你引水浇灌的麦田不会记住你的名字，那些在六月的骄阳下缓缓抬起头来的麦穗不会望见你，它遍地的拔节声中没有一声因你而响为你而呼。黄昏时你牵牛途经的一片坡地上，一种不知名的草正默默结束花期，它不为你开也不为你凋谢。多少年来你遇见多少次与你无关的花开花落，你默默打它们身边走过，它们不认识你。

劳动是件荒凉的事情。像四处蔓延的草，像东刮西刮的风，像风中的草屑和尘土，像只有一行脚印的路……在一个人的一生里，在一村庄人的一生里，劳动是件荒凉的事情。

隐身劳动的人，成为荒野的一部分。

人的忧郁是一棵草一只鸟的忧郁，没有名字；人的快乐是一头猪一粒虫的快乐，没有名字。秋天，粮食不会按姓名走到谁家里。粮食是一群盲者，顺着劳动之路，回到劳动者心里。

也往往错走到不劳动的人手里。

名字不是人的地址。人没有名字也能活到老。人给牲口起名，是为使唤起来方便。有名字的牲口注定要为名字劳苦一辈子。

人把所有的芦苇都叫芦苇，把所有的羊都叫羊。它们没有单个的名字。单个的名字在它们心里。人没必要知道。

试想，一株叫刘二的草生长在浩浩莽莽的草野中，它必会为名字而争风水、抢阳光，出人头地。也会为名字而孤芳自赏、离群孑立。而作为旁观者的人，永远不会从一野的风声中单独地分辨出某一株草的声音。

劳动也是一样的。

你打的粮他打的粮到秋天都会被一车拉走，入到一个大仓里。谁也不会在吞食它们时想到这一粒是张三家的麦子，那一粒是王五家的玉米。

一个人在暗处处理着自己的事情。一村庄人在暗处处理着各自的事情。这是一大片原野上的事情。

就像草，看起来每一株都孤立生长着，有各自的根、茎和叶子，有各自的长势和风姿。可是风一刮一大片都倒了，天一旱一大片都黄了，春天一到一野都绿了。

　　这不是哪个人的事情。你只是一个干活的人，干着你身边手边的那一份。你在心里知道自己就行了。

　　你干完的活，别人不会再找到。你把它干掉了。

　　名字是件没啥实际用处的家什，摆设在人的一生里。一村庄人的名字就像一堆废铁，叮叮当当扔了一地。

　　那些一辈子没人叫两声的名字，叫不了几年便仓促扔掉的名字，无人怀念的名字，被自己弄脏又擦得锃亮的名字，牛棚一样潦草的名字……现在，都扔在村里，谁也没有跑出去。

　　黄昏的时候，名字对着荒野呼喊人，声音比最细微的风声还轻，直达人的内心。每个人听见的都是自己的名字。每个名字只有一个去处。

　　被名字呼喊的人，从黄土中缓缓抬起身，男人、女人、剩一架骨头的人，听到名字的呼唤会扔下活往家走。荒芜一天的人，此刻走在回家途中，不远处泥屋简单的家使这群劳动的人有名有姓。

　　没有名字的人还将无休止地埋身劳动。没有名字的人像草一样，一个季节一个季节地荒凉下去。

——节选自《黄沙梁》

坑 洼 地

那一坑洼地草叫张天整掉了。冯三给我说。

黄沙梁最茂密的一坑洼地草木，芦苇、灰蒿、铃铛刺、红柳……密密麻麻纠缠在一起，足有几百亩。冬天我们追一只野兔追到坑洼地，眼看着兔子的爪印在密匝匝的刺草根三绕两绕消失了。人和狗站在外面干叫，谁也进不去。

一年冬天胡木家黑狗追一只狐狸，钻进了坑洼地。进去就出不来了。人在外面听见狗在刺草中叫唤，直叫了半下午，最后没声音了。人以为狗死在里面了。第二天，狗竟出来了。只是身上的毛几乎被刺条刮光，肚子上一块皮也撕掉了，红兮兮的，嘴上、鼻子上、眼角上，到处淌着血。那条黑狗在坑洼地吃了次亏，一直没能缓过来。几年后我在村里碰见它，还是一副蔫不唧唧的样子，肚子上的毛仍没有长全。这可是村里有名的一条厉害狗。我们家黑狗跟它咬过两次架，都败了下来。一般的狗见了它老远就吓得跑开。一个村里出一条好狗跟出一个厉害人一样，不是件容易的事。得好多年、好几代的积累。有时好几代人和牲畜活得平平庸庸，没一个出众的，走在村里碰见尽是些傻乎乎的人、懒不兮兮的狗和连头都抬不起来的牲口。村庄的历史中大段大段都是这样的年成。但是，正是这些年成把好东西省下了，最终一点一点地积攒成一个大东西，厉害东西。一个村庄一般三十年出两条厉害狗，三百年出一个攒劲人。

只是一条好狗还经受不了一次磨难就彻底废掉了。一个厉害人又能做些什么呢。我大概正好生在这个村子的平庸年月。我小的时候觉得村里好多人都非常厉害，现在一看，一个厉害的都没有了。连一条厉害点的狗都没有了。我父亲说，收拾一条厉害狗，瞅准了腰上抡一棒子，把狗的腰子打坏，狗就完蛋了。收拾一个厉害人，我想，就不用这么费劲，根本用不着谁动手。甚至把他忘了，像一根木头一样往这个地方一扔，扔上三十年，一切都完了。

五六年前的秋天，冯三给我说，坑洼地的草仍旧很茂密，尽管每年都有人围着一圈砍铃铛刺，进去割芦草（人已经在里面踩出了路，牛羊可以进去吃草了），草木明显稀少了，但看去还满当当的一坑洼地，里面还有野兔子。

秋天好久没下雨，冯三给我说，坑洼地的草干黄干黄，一有风苇絮便飞飞扬扬，落得到处都是。张天选了一个刮南风的天气，把坑洼地的草点着烧掉了。火着了一天一夜，把天都烧烫了。

接着张天租了两台链轨拖拉机，带五铧犁犁了好些天，才把坑洼地翻了个个儿。那地太难犁了，各种草根密密匝匝交缠在一起，都织成了一块厚实的地毯。尤其芦苇和红柳的根，扎得又深又结实，拖拉机走一走要停一停，犁铧被草根缠住动弹不得。

地翻过之后，草根还密密麻麻朝天扎着，看上去仍像一滩草似的。张天本想秋天翻好地，来年春上种棉花，可是春天根本种不成，地里全是草根，种子播不进去。天一热草又一窝蜂似地涌出来。没办法，只好把地又耕翻一遍，用钉刺耙将草根耙出来，堆在地边晒干，一把火烧掉。又在地里打了三遍灭草剂。浇水时还在上水口放上生石灰，把草根往死里烧。到了第三年春上，草再没长出来。张天播上棉花，结果，平展展一大块地，只出了几棵棉花，补种了一次，仍旧只出了几棵苗。而且，出来的几棵苗长到半高又都枯死了。

这块地死掉了，再不长东西了。冯三给我说，连草也一棵不长了。都几年过去了，还光溜溜地扔着。张天白花了几千块钱。

死掉的也许不止一块坑洼地。我对冯三说。整个这片土地都像是死掉了，看不出它有多少生机，到处光秃秃的。活得最旺势的，就算村里这些人了。尽管稀稀拉拉、无精打采的样子，但都喘着气，一年一年地过着日子，还在生育。

让那些草木再繁茂一次、葱郁一次已经不可能，即使给它和以前一样的阳光、雨水和养分，和以前一样的无人践扰的生存环境——它们的根毁掉了。

柴　火

　　我们搬离黄沙梁时，那垛烧剩下一半的梭梭柴，也几乎一根不留地装上车，拉到了元兴宫村。元兴宫离煤矿很近，取暖做饭都烧煤，那些柴火因此留下来。后来往县城搬家时，又全拉了来，跟几根废铁、两个破车轱辘，还有一些没用的歪扭木头一起，乱扔在院墙根。不像在黄沙梁时，柴火一根根码得整整齐齐，像一堵墙一样，谁抽走一根都能看出来。

　　柴垛是家力的象征。有一大垛柴火的人家，必定有一头壮牲口、一辆好车、一把快镢头、一根又粗又长的刹车绳。当然，还有几个能干的人，这些好东西凑巧对在一起了就能成大事、出大景象。

　　可是，这些好东西又很难全对在一起。有的人家有一头壮牛，车却破破烂烂，经常坏在远路上，满车的东西扔掉，让牛拉着空车逛荡回来。有的人家正好相反，置了辆新车，能装几千斤东西，牛却体弱得不行，拉半车干柴都打摆子。还有的人家，车、马都配地道了，镢头也磨利索，刹车绳也是新的，人却不行了——死了，或者老得干不动活。家里失去主劳力，车、马、家具闲置在院子，等儿子长大、女儿出嫁，一等就是多少年，这期间车马家具已旧的旧、老的老，生活又这样开始了，长大长壮实的儿女们，跟老马破车对在一起。

一般的人家要置办一辆车得好些年的积蓄。往往买了车就没钱买马了，又得积蓄好些年。我们到这个家时，后父的牛、车还算齐备，只是牛稍老了些。柴垛虽然不高，柴火底子却很厚大排场。不像一般人家的柴火，小小气气的一堆，都不敢叫柴垛。先是后父带我们进沙漠拉柴，接着大哥单独赶车进沙漠拉柴，接着是我、三弟，等到四弟能单独进沙漠拉柴时，我们已另买了头黑母牛，车轱辘也换成新的，柴垛更是没有哪家可比，全是梭梭柴，大棵的，码得跟房一样高，劈一根柴就能烧半天。

现在，我们再不会烧这些柴火了。我们把它们当没用的东西乱扔在院子，却又舍不得送人或扔掉。我们想，或许哪一天没有煤了，没有暖气了，还要靠它烧饭取暖。只是到了那时我们已不懂得怎样烧它。劈柴的那把斧头几经搬家已扔得不见，家里已没有可以烧柴火的炉子。即便这样我们也没扔掉那些柴火，再搬一次家还会带上它们。它们是家的一部分。那个墙根就应该码着柴火，那个院角垛着草，中间停着车，柱子上拴着牛和驴。在我们心中一个完整的家院就应该是这样的。许多个冬天，那些柴火埋在深雪里，尽管从没人去动它们。但我们知道那堆雪中埋着柴火，我们在心里需要它们，它让我们放心地度过一个个寒冬。

　　那堆梭梭柴就这样在院墙根待了二十年，没有谁去管过它们。有一年扩菜地，往墙角移过一次，比以前轻多了，扔过去便断成几截子，颜色也由原来的铁青变成灰黑。另一年一棵葫芦秧爬到柴堆上，肥大的叶子几乎把柴火全遮盖住，那该是它们最凉爽的一个夏季了，秋天我们为摘一个大葫芦走到这个墙角，葫芦卡在横七竖八的柴堆中，搬移柴火时我又一次感觉到它们腐朽的程度，除此之外似乎再没有人动过。在那个墙角里它们独自过了许多年，静悄悄地把自己燃烧掉了。

　　最后，它们变成一堆灰时，我可以说，我们没有烧它，它自己变成这样的。我们一直看着它变成了这样，从第一滴雨落到它们身上、第一层青皮在风中开裂我们看见了。它根部的茬头朽掉，像土一样脱落在地时我们看见了。深处的木质开始发黑时我们看见了，全都看见了。

　　当我成一具尸时，你们一样可以坦然地说，我们没有整这个人，没有折磨他，他自己死掉的，跟我们没一点关系。

　　那堵墙说，我们只为他挡风御寒，从没堵他的路。前墙有门，后墙有窗户。

　　那个坑说，我没陷害他，每次他都绕过去。只有一次，他不想绕了，栽了进去。

　　风说，他的背不是我刮弯的。他的脸不是我吹旧的。眼睛不是我吹瞎的。

雨说我只淋湿他的头发和衣服，他的心是干燥的，雨下不到他心里。

狗说我只咬烂过他的腿，早长好了。

土说，我们埋不住这个人，梦中他飞得比所有尘土都高。

可是，我不会说。

它们说完就全结束了。在世间能够说出的只有这么多。没谁听见一个死掉的人怎么说。

我一样没听见一堆成灰的梭梭柴，最后说了什么。

我 的 树

村子周围剩下有数的几棵大榆树，孤零零的，一棵远望着一棵，全歪歪扭扭，直爽点的树早都让人砍光了。

走南梁坡的路经过两棵大榆树。以前路是直的，为了能从榆树底下走过，路弯曲了两次，多出几里。但走路的人乐意。夏天人们最爱坐在榆树下乘凉，坐着坐着一歪身睡着。树干上爬满了红蚂蚁，枝叶上吊着黑蜘蛛。树梢上有鸟窝，四五个或七八个，像一只只粗陶大碗朝天举着。有时鸟聒醒人，看见一条蛇爬到树上偷鸟蛋吃，鸟没办法对付，只是乱叫。叫也没用，蛇还是往上爬，把头伸进鸟窝里。鸟其实可以想办法对付，飞到几十米高处，屁股对准蛇头，下一个蛋下来，准能把蛇打昏过去。

有些树枝上拴着红红绿绿的布条和绳头，那是人做的标记。谁拴了这个树枝就是谁的，等它稍长粗些好赖成个材料时便被人砍去。也往往等不到成材被人砍去。

村里早就规定了这些树不准砍。但没规定树枝也不许砍。也没规定死树不许砍。人想砍哪棵树时总先想办法把树整死。人有许多整树的办法，砍光树枝是其中一种。树被砍得光秃秃时，便没脸面活下去。

树也有许多办法往下活，我见过靠仅剩的一根斜枝缀着星星点点几片绿叶活过夏天的一棵大榆树。根被掏空像只多腿的怪兽立在沙梁上一年一年长出新叶的一棵胡杨树。被风刮倒躺在地上活了许多年的一棵沙枣树。我不知道树为啥要委屈地活着，我知道实在活不下去了，树就会死掉。死掉是树最后的一种活法。

我经常去东边河湾里那棵大榆树下玩，它是我的树，尽管我没用布条和绳头拴它。树的半腰处有一根和地平行的横枝，直直地指着村子。那次我在河湾放牛，爬到树上玩，大中午牛吃饱了卧在树下反刍。我脸贴着树皮，顺着那个横枝望过去，竟端端地望见我们家房顶的烟囱和滚滚涌出的一股子炊烟。

以后我在河湾放牛经常爬在那个枝杈上望。整个晌午我们家烟囱孤零零的，像一截枯树桩。这时家里没人，院门朝外扣着。到了中午烟囱会冒一阵子烟，那时家里人大都回去了，院子里很热闹，鸡和猪吵叫着要食吃，狗也围着人转，眼睛盯着锅和碗。烟熄时家里人开始吃饭。我带着水壶和馍馍，一直到天黑才赶牛回去。

夜里我常看见那棵树，一闭眼它就会出现，样子怪怪地黑站在河湾，一只手臂直端端指着我们家房子——看，就是那户人家，房顶上码着木头的那户人。它在指给谁看。谁一直在看着我们家，看见什么了。我独自地害怕着。

　　那根枝杈后来被张耘家砍走了，担在他们家羊圈棚上，头南梢北做了椽子。他们砍它时我正在河湾边的胡麻地割草，听见"腾腾"的砍树声，我提着镰刀站在埂子上，看见那棵树下停着牛车，一个人站在车上。看不清树上抡着斧头的那个人。

　　我想跑过去，却挪不动脚步。像一棵树一样呆立在那里。

　　我是那棵树(我已经是那棵树)，我会看见我朝西的那个枝条，正被砍断，我会疼痛得叫出声，浑身颤动，我会绝望地看着它掉落地上，被人抬上车拉走。

　　从此我会一年一年地，望着西边那个村子。

　　我再没有一根伸向西边的树枝。

与虫共眠

我在草中睡着时，我的身体成了众多小虫子的温暖巢穴。那些形态各异的小动物，从我的袖口、领口和裤腿钻进去，在我身上爬来爬去，不时地咬两口，把它们的小肚子灌得红红鼓鼓的。吃饱玩够了，便找一个隐秘处酣然而睡。

我身体上发生的这些事我一点也不知道。那天我翻了一下午地，又饿又累。本想在地头躺一会儿再往回走，地离村子还有好几里路，我干活时忘了留点回家的力气。时值夏季，田野上虫声、蛙声、谷物生长的声音交织在一起，像支巨大的催眠曲。我的头一挨地便酣然入睡，天啥时黑的我一点不知道，月亮升起又落下我一点没有觉察。醒来时已是另一个早晨，我的身边爬满各种颜色的虫子，它们已先我而醒忙它们的事了。这些勤快的小生命，在我身上留下许多又红又痒的小疙瘩，证明它们来过了。我想它们和我一样睡了美美的一觉。有几个小家伙，竟在我的裤子里待舒服了，不愿出来。若不是痒痒得难受我不会脱了裤子捉它们出来。对这些小虫来说，我的身体是一片多么辽阔的田野，就像我此刻爬在大地的这个角落，大地却不会因瘙痒和难受把我捉起来扔掉。大地是沉睡的，它多么宽容。在大地的怀抱中我比虫子大不了多少。我们知道世上有如此多的虫子，给它们一一起名，分科分类。而虫子知道我们吗？这些小虫知道世上有刘亮程这条大虫吗？有些虫朝生暮死，有些仅有几个月或几天的短暂生命，几乎来不及干什么便匆匆离去。没时间盖房子，创造文化和艺术。没时间为自己和别人去着想。生命简洁到只剩下快乐。我们这些聪明的大生命却在漫长岁月中寻找痛苦和烦恼。一个听烦市嚣的人，躺在田野上听听虫鸣该是多么幸福。大地的音乐会永无休止。而有谁知道这些永恒之音中的每个音符是多么仓促和短暂。

我因为在田野上睡了一觉，被这么多虫子认识。它们好像一下子就喜欢上我，对我的血和肉的味道赞赏不已。有几个虫子，显然乘我熟睡时在我脸上走了几圈，想必也大概认下我的模样了。现在，它们在我身上留了几个看家的，其余的正在这片草滩上奔走相告，呼朋引类，把发现我的消息传播给所有遇到的同类们。我甚至感到成千上万只虫子正从四面八方朝我拥来。我的血液沸腾，仿佛几十年来梦想出名的愿望就要实现了。这些可怜的小虫子，我认识你们中的谁呢，我将怎样与你们一一握手。你们的脊背窄小得签不下我的名字，声音微弱得近乎虚无。我能对你们说些什么呢？

当千万只小虫蜂拥而至时，我已回到人世的一个角落，默默无闻做着一件事，没几个人知道我的名字，我也不认识几个人，不知道谁死了谁还活着。一年一年地听着虫鸣，使我感到了小虫子的永恒。而我，正在世上苦度最后的几十个春秋。面朝黄土，没有叫声。

那些鸟会认人

我们搬走了，那窝老鼠还要生活下去，偷吃冯三的粮食。鸟会落在剩下的几棵树上。更多的鸟会落到别人家树上。也许全挤在我们砍剩那几棵树上，叽叽喳喳一阵乱叫。鸟不知道院子里发生了啥事。但它们知道那些树不见了。筑着它们鸟窝的那些树枝乱扔在地上，精心搭筑的鸟窝和窝里的全部生活像一碗饭扣翻在地上。

冯三一个人在屋里听鸟叫。我们没有把鸟叫算成钱卖给冯三。我们带不走那些鸟。带不走筑着鸟窝的树枝。那些枝繁叶茂的树砍倒后，我们只拿走主干。其余的全扔在地上。我们经营了多少年才让成群的鸟落到院子，一早一晚，鸟的叫声像绵密细雨洒进粗糙的牛哞驴鸣里。那些鸟是我们家的。我们一家十六只耳朵听鸟叫。冯三一个人，眼睛不好使，耳朵也有些背。从此那些鸟将没人听地叫下去，都叫些什么我们再不会知道。

大多是麻雀在叫。麻雀的口音与我们相近，一听就是很近的乡邻。树一房高时它们在树梢上筑窠，好像有点害怕我们，把窠藏在叶子中间，以为我们看不见。后来树一年年长高，鸟窠便被举到高处，都快高过房顶一房高了，可能鸟觉得太高了，下到地上啄食不方便，又往下挪了几个树枝，也不遮遮掩掩了。

夏天经常有身上没毛的小鸟从树上掉下来，像我们小时候从炕上掉下来一样，扯着嗓子直叫。大鸟也在一旁叫，它没办法把小鸟弄到窝里去，眼睁睁看着叫猫吃掉，叫一群蚂蚁活活拖走。碰巧被我们收工放学回来看见了，赶快捡起来，仰起头瞅准了是哪个窝里掉下来的，爬上树给放回去。

一般来说爬树都是我的事，四弟也很能爬树，上得比我还高。不过我们很少上到树上去惹鸟。鸟跟我们吵过好几架，有点怕惹它们了。一次是我上去送一只小鸟，爬到那个高过房顶的横枝上。窝里有八只鸟蛋的时候我偷偷上来过一次，蛋放在手心玩了好一阵又原放进去。这次窝里伸出七八只小头，全对着我叫。头上一大群鸟在尖叫。鸟以为我要毁它的窝伤它的孩子，一会儿扑啦啦落在头顶树枝上，边叫边用雨点般的鸟粪袭击我。一会儿落到院墙上，对着我们家门窗直叫，嗓子都直了，叫出血了。那声音听上去就是在骂人。母亲烦了，出门朝树上喊一声："快下来，再别惹鸟了。"

另一次是风把晾在绳上的红被单刮到树梢，正好蒙在一个鸟窠上，四弟拿一根木棍上去取，惹得鸟大叫了一晌午。

还有一次，一只鹞子落在树上，鸟全惊飞到房顶和羊圈棚上乱叫。狗也对着树上叫。鸡和羊也望着树上。我们走出屋子，见一只灰色大鸟站在树杈上。父亲说是鹞子，专吃鸽子和鸟，我捡了块土块扔过去，它飞走了。

除了麻雀，有时房檐会落两只喜鹊，树梢站一只猫头鹰，还有声音清脆的黄雀时时飞来。它们从不在我们家树上筑巢。好像也从不把黄沙梁当家。它们往别处去，飞累了落在树枝上歇会儿脚，对着院子里的人和牲畜叫几声。

"那堆苞谷赶紧收进去，要下雨啦。"

"镰刀用完了就挂到墙上。锨立在墙角。别满院子乱扔。"

我觉得它们像一些巡逻官，高高在上训我们，只是话音像唱歌一样好听。乘人不注意飞下来叼一口食，又远远飞走。飞出院子飞过村子，再几年都见不到。

那些麻雀会认人呢。我对父亲说，昨天我在南梁坡割草，一只麻雀老围着我叫，我以为它想偷吃我背包里的馍馍。我低头割草，它就落在前面的草枝上对着我叫，我捆草时它又落到地上对着我叫。后来我才发现是我们家树上的一只鸟，左爪内侧有一小撮白毛，在院子里胆子特别大，敢走到人脚边觅食吃，所以我认下了。刚才我又看见了它，站在白母羊背上捡草籽吃。

鸟就是认人呢。大哥也说，那天他到野滩打柴，就看见我们家树上几只鸟。也不知道它们跑那么远去干啥。是跟着牛车去的，还是在滩里碰上了。它们一直围着牛转，叽叽喳喳，像对人说话。大哥装好柴后它们落到柴车上，四只并排站在一根柴火上，一直乘着牛车回到家。

鸟　叫

■■■■■■■　我听到过一只鸟在半夜的叫声。

我睡在牛圈棚顶的草垛上。整个夏天我们都往牛圈棚顶上垛干草，草垛高出房顶和树梢。那是牛羊一个冬天的食草。整个冬天，圈棚上的草会一天天减少。到了春天，草芽初露，牛羊出圈遍野里追青逐绿，棚上的干草便所剩无几，露出粗细歪直的梁柱来。那时候上棚，不小心就会一脚踩空，掉进牛圈里。

而在夏末秋初的闷热夜晚，草棚顶上是绝好的凉快处，从夜空中吹下来的风，<u>丝丝缕缕</u>，轻拂着草垛顶部。这个季节的风吹刮在高空，可以看到云堆飘移，却不见树叶摇动。

那些夜晚我很少睡在房子里。有时铺一些草睡在地头看苞谷。有时垫一个褥子躺在院子的牛车上，旁边堆着新收回来的苞谷棉花。更多的时候我躺在草垛上，胡乱地想着些事情便睡着了。醒来不知是哪一天早晨，家里发生了一些事，一只鸡不见了，两片树叶黄落到窗台，堆在院子里的苞谷棒子少了几个，又好像一个没少，什么事都没有发生，一切都和往日一样，一家人吃饭，收拾院子，套车，扛农具下地……天黑后我依旧爬上草垛，胡乱地想着些事情然后睡着。

那个晚上我不是鸟叫醒的。我刚好在那个时候，睡醒了。天有点凉。我往身上加了些草。

这时一只鸟叫了。

"呱。"

独独的一声。停了片刻，又"呱"的一声。是一只很大的鸟，声音粗哑，却很有穿透力。有点像我外爷的声音。停了会儿，又"呱""呱"两声。

整个村子静静的、黑黑的，只有一只鸟在叫。

我有点怕，从没听过这样大声的鸟叫。

鸟声在村南边隔着三四幢房子的地方，那儿有一棵大榆树，还有一小片白杨树。我侧过头看见那片黑糊糊的树梢像隆起的一块平地，似乎上面可以走人。

过了一阵，鸟叫又突然从西边响起，离得很近，听声音好像就在斜对面韩三家的房顶上。鸟叫的时候，整个村子回荡着鸟声，不叫时便啥声音都没有了，连空气都没有了。

我在第七声鸟叫之后，悄悄地爬下草垛。我不敢再听下一声，好像每一声鸟叫都刺进我的身体里，浑身的每块肉每根骨头都被鸟叫惊醒。我更担心鸟飞过来落到草垛上。如果它真飞过来，落到草垛上，我怎么办。我的整个身体埋在草里面，鸟看不见我，它会踩在我的头上叫，会一晚上不走。

我顺着草垛轻轻滑落到棚沿上，抱着一根伸出来的椽头吊了下来。在草垛顶上坐起身的那一瞬，我突然看见我们家的房顶，觉得那么远、那么陌生，黑黑地摆在眼底下，那截烟囱，横堆在上面的那些木头，模模糊糊的，像是梦里的一个场景。

这就是我的家吗。是我必须要记住的——哪一天我像鸟一样飞回来，一眼就能认出的我们家朝天仰着的那个面容吗？在这个屋顶下面的大土炕上，此刻睡着我的后父、母亲、大哥、三个弟弟和两个小妹。他们都睡着了，肩挨肩地睡着了。只有我在高处看着黑黑的这幢房子。

我走过圈棚前面的场地时，拴在柱子上的牛望了我一眼，它应该听到了鸟叫。或许没有。它只是睁着眼睡觉。我正好从它眼睛前面走过，看见它的眼珠亮了一下，像很远的一点星光。我顺着墙根摸到门边上，推了一下，没推动，门从里面顶住了，又用力推了一下，顶门的木棍往后滑了一下，门开了条缝，我伸手进去，取开顶门棍，侧身进屋，又把门顶住。

房子里什么也看不见，却什么都清清楚楚。我轻脚绕开水缸、炕边上的炉子，甚至连脱了一地的鞋都没踩着一只。沿着炕沿摸过去，摸到靠墙的桌子，摸到了最里头，我脱掉衣服，在顶西边的炕角上悄悄睡下。

这时鸟又叫了一声。像从屋前的树上叫的，声音刺破窗户，整个地撞进屋子里。我赶紧蒙住头。

没有一个人被惊醒。

以后鸟再没叫，可能飞走了。过了好大一阵，我掀开蒙在头上的被子，房子里突然亮了一些。月亮出来了，月光透过窗户斜照进来。我侧过身，清晰地看见枕在炕沿上的一排人头。有的侧着，有的仰着，全都熟睡着。

我突然孤独害怕起来，觉得我不认识他们。

第二天中午，我说，昨晚上一只鸟叫得声音很大，像我外爷的声音一样大，太吓人了。家里人都望着我。一家人的嘴忙着嚼东西，没人吭声。只有母亲说了句："你又做梦了吧。"我说不是梦，我确实听见了，鸟总共叫了八声。最后飞走了。我没有把这些话说出来，只是端着碗发呆。

不知还有谁在那个晚上听到鸟叫了。

那只是一只鸟的叫声。我想。那只鸟或许睡不着，独自在黑暗的天空中漫飞，后来飞到黄沙梁上空，叫了几声。

它把孤独和寂寞叫出来了。我一声没吭。

更多的鸟在更多的地方，在树上，在屋顶，在天空下，它们不住地叫。尽管鸟不住地叫，听到鸟叫的人，还是极少的。鸟叫的时候，有人在睡觉，有人不在了，有人在听人说话……很少有人停下来专心听一只鸟叫。人不懂鸟在叫什么。

那年秋天，鸟在天空聚会，黑压压一片，不知有几千几万只。鸟群的影子遮挡住阳光，整个村子笼罩在阴暗中。鸟粪像雨点一样洒落下来，打在人的脸上、身上，打在树木和屋顶上。到处是斑斑驳驳的白点。人有些慌了，以为要出啥事。许多人聚到一起，胡乱地猜测着。后来全村人聚到一起，谁也不敢单独待在家里。鸟在天上乱叫，人在地下胡说。谁也听不懂谁。几乎所有的鸟都在叫，听上去各叫各的，一片混乱，不像在商量什么、决定什么，倒像在吵群架，乱糟糟的，从没有停住嘴，听一只鸟独叫。人正好相反，一个人说话时，其他人都住嘴听着，大家都以为这个人知道鸟为啥聚会。这个人站在一个土疙瘩上，把手一挥，像刚从天上飞下来似的，其他人愈加安静了。这个人清清嗓子，开始说话。他的话语杂在鸟叫中，才听还像人声，过一会儿像是鸟叫了。其他人"轰"的一声开始乱吵，像鸟一样各叫各的起来。天地间混杂着鸟语人声。

这样持续了约摸一小时，鸟群散去，阳光重又照进村子。人抬头看天，一只鸟也没有了。鸟不知散落到了哪里，天空腾空了。人看了半天，看见一只鸟从西边天空孤孤地飞过来，在刚才鸟群盘旋的地方转了几圈，叫了几声，又朝西边飞走了。

可能是只来迟了没赶上聚会的鸟。

还有一次，一群乌鸦聚到村东头开会，至少有几千只，大部分落在路边的老榆树上，树上落不下的，黑黑地站在地上、埂子上和路上。人都知道乌鸦一开会，村里就会死人，但谁都不知道谁家人会死。整个西边的村庄空掉了，人都涌到了村东边，人和乌鸦离得很近，顶多有一条马路宽的距离。那边，乌鸦黑乎乎地站了一树一地；这边，人群黑压压地站了一渠一路。乌鸦"呱呱"地乱叫，人群一声不吭，像极有教养的旁听者，似乎要从乌鸦聚会中听到有关自家的秘密和内容。

只有王占从人群中走出来，举着个枝条，喊叫着朝乌鸦群走过去。老榆树旁是他家的麦地。他怕乌鸦踩坏麦子。他挥着枝条边走边"啊啊"地喊，听上去像另一只乌鸦在叫，都快走到跟前了，却没一只乌鸦飞起来，好像乌鸦没看见似的。王占害怕了，树条举在手里，愣愣地站了半天，掉头跑回到人群里。

正在这时，"咔嚓"一声，老榆树的一个横枝被压断，几百只乌鸦齐齐摔下来，机灵点的掉到半空飞起来，更多的掉在地上，或在半空乌鸦碰乌鸦，惹得人群一阵哄笑。还有一只摔断了翅膀，鸦群飞走后那只乌鸦孤零零地站在树下，望望天空，又望望人群。

全村人朝那只乌鸦围了过去。

那年村里没有死人。那棵老榆树死掉了。乌鸦飞走后树上光秃秃的，所有树叶都被乌鸦踏落了。第二年春天，也没再长出叶子。

"你听见那天晚上有只鸟叫了。是只很大的鸟，一共叫了八声。"

以后很长时间，我都想找到一个在那天晚上听到鸟叫的人。我问过住在村南头的王成礼和孟二，还问了韩三。第七声鸟叫就是从韩三家房顶上传来的，他应该能听见。如果黄沙梁真的没人听见，那只鸟就是叫给我一个人听的。我想。

我最终没有找到另一个听见鸟叫的人。以后许多年，我忙于长大自己，已经淡忘了那只鸟的事。它像童年经历的许多事情一样被推远了。可是，在我快四十岁的时候，不知怎的，又突然想起那几声鸟叫来。有时我会情不自禁地张几下嘴，想叫出那种声音，又觉得那不是鸟叫。也许我记错了。也许，只是一个梦，根本没有那个夜晚，没有草垛上独睡的我，没有那几声鸟叫。也许，那是我外爷的声音，他寂寞了，在夜里喊叫几声。我很小的时候，外爷粗大的声音常从高处贯下来，我常常被吓住，仰起头，看见外爷宽大的胸脯和满是胡子的大下巴。有时他会塞一个糖给我，有时会再大喊一声，撵我们走开，到别处玩去。外爷极爱干净，怕我们弄脏他的房子，我们一走开他便拿起扫把扫地。

　　现在，这一切了无凭据。那个牛圈不在了。高出树梢屋顶的那垛草早被牛吃掉，圈棚倒塌，曾经把一个人举到高处的那些东西消失了。再没有人从这个高度，经历他所经历的一切。

孤独的声音

有一种鸟，对人怀有很深的敌意。我不知道这种鸟叫什么。它们常站在牛背上捉虫子吃，在羊身上跳来跳去，一见人便远远飞开。

还爱欺负人，在人头上拉鸟屎。

它们成群盘飞在人头顶，发出悦耳的叫声。人陶醉其中，冷不防，一泡鸟屎落在头上。人莫名其妙，抬头看天上，没等看清，又一泡鸟屎落在嘴上或鼻梁上。人生气了，捡一个土块往天上扔，鸟便一只不见了。

还有一种鸟喜欢亲近人，对人说鸟语。

那天我扛着锹站在埂子上，一只鸟飞过来，落在我的锹把上，我扭头看着它，是只挺大的灰鸟。我一伸手就能抓住它。但我没伸手。灰鸟站稳后便对着我的耳朵说起鸟语，声音很急切，一句接一句，像在讲一件事、一种道理。我认真地听着，一动不动。灰鸟不停地叫了半个小时，最后声音沙哑地飞走了。

以后几天我又在别处看见这只鸟，依旧单单的一只。有时落在土块上，有时站在一个枯树枝上，不住地叫。还是给我说过的那些鸟语。只是声音更沙哑了。

离开野地后，我再没见过和那只灰鸟一样的鸟。这种鸟可能就剩下那一只了，它没有了同类，希望找一个能听懂它话语的生命。它曾经找到了我，在我耳边说了那么多动听的鸟语。可我，只是个种地的农民，没在天上飞过，没在高高的树枝上站过。我怎会听懂鸟说的事情呢。

不知那只鸟最后找到知音了没有。听过它孤独鸟语的一个人，却从此默默无声。多少年后，这种孤独的声音出现在他的声音中。

——节选自《剩下的事情》

最后一只猫

　　我们家的最后一只猫也是纯黑的，样子和以前几只没啥区别，只是更懒，懒得捉老鼠不说，还偷吃饭菜馍馍。一家人都讨厌它。小时候它最爱跳到人怀里让人抚摸，小妹燕子整天抱着它玩。它是小妹有数的几件玩具中的一个，摆家家时当玩具将它摆放在一个地方，它便一动不动，眼睛跟着小妹转来转去，直到它被摆放到另一个地方，还是很听话地卧在那里。

　　后来小妹长大了没了玩兴，黑猫也变得不听话，有时一跃跳到谁怀里，马上被一把拨拉下去，在地上挡脚了，也会不轻不重挨上一下。我们似乎对它失去了耐心，那段日子家里正好出了几件让人烦心的事。我已记不清是些什么事。反正，有段日子生活对我们不好，我们也没更多的心力去关照家畜们。似乎我们成了一个周转站，生活对我们好一点，我们给身边事物的关爱就会多一点。我们没能像积蓄粮食一样在心中积攒足够的爱与善意，以便生活中没这些东西时，我们仍能节俭地给予。那些年月我们一直都没积蓄下足够的粮食。贫穷太漫长了。

黑猫在家里待得无趣，便常出去，有时在院墙上跑来跑去，还爬到树上捉鸟，却从未见捉到一只。它捉鸟时那副认真劲让人好笑，身子贴着树干，极轻极缓地往上爬，连气都不出。可是，不管它的动作多轻巧无声，总是爬到离鸟一米多远处，鸟便扑地飞走了。黑猫朝天上望一阵，无奈地跳下树来。

以后它便不常回家了。我们不知道它在外面干些啥，村里几户人家夜里丢了鸡，有人看见是我们家黑猫吃的，到家里来找猫。

"它已经几个月没回家，早变成野猫了。"父亲说。

"野了也是你们家的。你要这么推辞，下次碰见了我可要往死里打。"来人气哼哼地走了。

我们家的鸡却一只没丢过。黑猫也没再露面，我们以为它已经被人打死了。

又过了几个月，秋收刚结束，一天夜里，我听见猫在房顶上叫，不停地叫。还听见猫在房上来回跑动。我披了件衣服出去，叫了一声，见黑猫站在房檐上，头探下来对着我直叫。我不知道出了啥事，它急声急气地要告诉我什么。我喊了几声，想让它下来。它不下来，只对着我叫。我有点冷，进屋睡觉去了。

钻进被窝我又听见猫叫了一阵，嗓子哑哑的。接着猫的脚声踩过房顶，然后听见它跳到房边的草堆上，再没有声音了。

第二年，也是秋天，我在南梁地上割苞谷秆。十几天前就已掰完苞米，今年比去年少收了两马车棒子，我们有点生气，就把那片苞谷秆扔在南梁上半个月没去理睬。

别人家的苞谷秆早砍回来码上草垛。地里已开始放牲口。我们也觉得没理由跟苞谷秆过不去。它们已经枯死。掰完棒子的苞谷秆，就像一群衣衫破烂的穷叫花子站在秋风里。

不论收多收少，秋天的田野都叫人有种莫名的伤心，仿佛看见多少年后的自己，枯枯抖抖站在秋风里。多少个秋天的收获之后，人成了自己的最后一茬作物。

一个动物在苞谷地迅跑，带响一片苞谷叶。我直起身，以为是一条狗或一只狐狸，提着镰刀悄悄等候它跑近。

它在距我四五米处蹿出苞谷地。是一只黑猫。我喊了一声，它停住，回头望着我。是我们家那只黑猫，它也认出我了，转过身朝我走了两步，又犹疑地停住。我叫了几声，想让它过来。它只是望着我，咪咪地叫。我走到马车旁，从布包里取出馍馍，掰了一块扔给黑猫，它本能地前扑了一步，两只前爪抱住馍馍，用嘴啃了一小块，又抬头望我。我叫着它朝前走了两步，它警觉地后退了三步，像是猜出我要抓住它。我再朝它走，它仍退。相距三四步时，猫突然做出一副很厉害的表情，喵喵尖叫两声，一转身蹿进苞谷地跑了。

这时我才意识到提在手中的镰刀。黑猫刚才一直盯着我的手，它显然不信任我了。钻进苞谷地的一瞬我发现它的一条后腿有点瘸。肯定被人打的。这次相遇使它对我们最后的一点信任都没有了。从此它将成为一只死心塌地的野猫，越来越远地离开这个村子。它知道它在村里干的那些事。村里人不会饶它。

两 条 狗

　　父亲扔掉过一条杂毛黑狗。父亲不喜欢它，嫌它胆小，不凶猛，咬不过别人家的狗，经常背上少一块毛，滴着血，或瘸着一条腿哭丧着脸从外面跑回来。院子里来了生人，也不敢扑过去咬，站在狗洞前汪汪两声，来人若捡个土块、拿根树条举一下，它便哭叫着钻进窝里，再不敢出来。

　　这样的孬狗，连自己都保不住咋能看门呢。

　　父亲有一次去五十公里以外的柳湖地卖皮子，走时把狗装进麻袋，口子扎住扔到车上。他装了三十七张皮子，卖了三十八张的价。狗算了一张，活卖给皮店掌柜了。

　　回来后父亲物色了一条小黄狗。我们都很喜欢这条狗，胖乎乎的，却非常机灵活泼。父亲一抱回来便给它剪了耳朵，剪成三角，像狼耳朵一样直立着。不然它的耳朵长大了耷下来会影响听觉。

　　过了一个多月，我们都快把那条黑狗忘了。一天傍晚，我们正吃晚饭，它突然出现在院门口，瘦得皮包骨头，也不进来，嘴对着院门可怜地哭叫着。我们叫了几声，它才走进来，一头钻进父亲的腿中间，两只前爪抱住父亲的脚，汪汪地叫个不停。叫得人难受。母亲盛了一碗揪片子，倒在盆里给它吃。它已经饿得站立不稳。

从此我们家有了两条狗。黄狗稍长大些就开始欺负黑狗，它俩共用一个食盆，吃食时黑狗一向让着黄狗，到后来黄狗变得霸道，经常咬开黑狗，自己独吞。黑狗只有畏缩地站在一旁，等黄狗走开了，吃点剩食，用舌把食盆舔得干干净净。家里只有一个狗窝，被黄狗占了，黑狗夜夜躺在草垛上。进来生人，全是黄狗迎上去咬，没黑狗的份儿。一次院子里来了条野狗，和黄狗咬在一起，黑狗凑上去帮忙，没想到黄狗放开正咬着的野狗，回头反咬了黑狗一口，黑狗哭叫着跑开，黄狗才又和野狗死咬在一起，直到把野狗咬败，逃出院子。

后来我们在院墙边的榆树下面给黑狗另搭了一个窝。喂食时也用一个破铁锨头盛着另给它吃。从那时起黑狗很少出窝。有时我们都把它忘记了，一连几天想不起它。夜里只听见黄狗的吠叫声。黑狗已经不再出声。这样过了两年，也许是三年，黑狗死掉了。死在了窝里。父亲说它老死了。我那时不知道怎样的死是老死。我想它是饿死的，或者寂寞死的。它常不出来，我们一忙起来有时也忘了给它喂食。

直到现在我都无法完全体味那条黑狗的晚年心境。我对它的死，尤其是临死前那两年的生活有一种难言的陌生。我想，到我老的时候，我会慢慢知道老是怎么回事，我会离一条老狗的生命更近一些，就像它临死前偶尔的一个黄昏，黑狗和我们同在一个墙根晒最后的太阳，黑狗卧在中间，我们坐在它旁边，背靠着墙。与它享受过同一缕阳光的我们，最后，也会一个一个地领受到同它一样的衰老与死亡。可是，无论怎样，我可能都不会知道我真正想知道的——对于它，一条在我们身边长大老死的黑狗，在它的眼睛里我们一家人的生活是怎样一种情景，我们就这样活着有意思吗。

两窝蚂蚁

冬天，每隔一段时间——差不多有半个月，蚂蚁就会出来找食吃，排成一长队，在墙壁炕沿上走，有前去的，有回来的，急急忙忙，全阴得皮肤发黄，不像夏天的蚂蚁，油黑油黑。蚂蚁很少在地上乱跑，怕人不小心踩死它们，也很少一两只单独跑出来。

我们家屋子里有两窝蚂蚁，一窝是小黑蚂蚁，住在厨房锅头旁的地下。一窝大黄蚂蚁，住在靠炕沿的东墙根。蚂蚁怕冷，所以把洞筑在暖和处，紧挨着土炕和炉子，我们做饭烧炕时，顺便把蚂蚁窝也煨热了。

通常蚂蚁在天亮后出来找食吃。那时母亲已经起来把死灭的炉火重新架着。屋子里烟气弥漫。我们全钻在被窝里，只露出头。有的睁眼直望着房顶。有的半眯着眼睛。早睡醒了。谁都不愿起。整个冬天我们没有一点事情，想睡到什么时候就睡到什么时候。直到炉火和从窗户照进的刺眼阳光，使屋子重又变得暖洋洋，才会有人坐起来，偎着被子，再愣会儿神。

　　蚂蚁一出洞，母亲便在蚂蚁窝旁撒一把麸皮。收成好的年成会撒两把。有一年我们储备的冬粮不足，连麸皮都不敢喂牲口，留着缺粮时人调剂着吃。冬天蚂蚁出来过五次。每次母亲只抓一小撮麸皮撒在洞口。最后一次，母亲再舍不得把麸皮给蚂蚁吃。家里仅剩的半麻袋细粮被父亲扎死袋口，留着春天下地干活时吃。我们整日煮洋芋疙瘩充饥。那一次，蚂蚁从天亮出洞，有上百只，绕着墙根转了一圈又一圈，一直到天快黑时，拖着几小片洋芋皮进洞去了。

　　蚂蚁发现麸皮便会一拥而上，拖着、背着，几个抬着往洞里搬。跑远的蚂蚁被喊回来。在墙上的蚂蚁一蹦子跳下来。只一会儿工夫，蚂蚁和麸皮便一同消失得一干二净。蚂蚁有了吃的，便把洞口封死，很长时间不出来打搅人。

　　蚂蚁的洞一般从墙外通到房内，天一热蚂蚁全到屋外觅食，房子里几乎见不到一只。

　　我喜欢那窝小黑蚂蚁，针尖那么小的身子，走半天也走不了几尺。我早晨出门前看见一只从后墙根朝前墙这边走，下午我回来看见它还在半道上，慢悠悠地移动着身子，一点不急。似乎它已做好了长途跋涉的打算，今晚就在前面一点儿的地方过夜，第二天，太阳不太高时走到前墙根。天黑前争取爬过门槛，走到厨房与卧房的门口处。第二天再进卧房。不过，它要爬过卧房的门槛就得费很大功夫，先要爬上两层土块，再翻过一个高的木门槛，还得赶早点，趁我们没起来之前翻过来。厨房没有窗户，天窗也盖得很死，即使白天门口处也很暗，我们一走动起来就难说不踩着蚂蚁。卧房比厨房大许多，从山墙经过窗户到东墙根，至少是蚂蚁两天的路程。到第五天，蚂蚁才会从东墙根往炕沿处走，经过我们家唯一的柜子。这段最好走夜路，因为是那窝大黄蚂蚁的领地，会很危险。从东边炕头往西边炕头绕回时也是两天的路，最好也晚上走，沿着炕沿，经过打着鼾声的父亲的头、母亲的头、小弟权娃的头和小妹燕子的头，爬到我的头顶时已是另一个夜晚了。这样，小蚂蚁在我们家屋内绕一圈大概用十天的时间，等它回到窝里时，那个蚂蚁世界的事情是否已几经变故，老蚂蚁死了，小蚂蚁出生，它们会不会还认识它呢。

小黑蚂蚁不咬人。偶尔爬到人身上，好一阵才觉出一点点痒。大黄蚂蚁也不咬人，但我不太喜欢。它们到处乱跑，且跑得飞快，让人不放心。不像小黑蚂蚁，出来排着整整齐齐的队，要到哪就径直到哪。大黄蚂蚁也排队，但队形乱糟糟。好像它们的头管得不严，好像每只蚂蚁都有自己的想法。

有一年春天，我想把这窝黄蚂蚁赶走。我想了一个绝好的办法。那时蚂蚁已经把屋内的洞口封住，打开墙外的洞口，在外面活动了。我端了半盆麸皮，从我们家东墙根的蚂蚁洞口处，一点一点往前撒，撒在地上的麸皮像一根细细的黄线，绕过林带、柴垛，穿过一片长着矮草的平地，再翻过一个坑(李家盖房子时挖的)，一直伸到李家西墙根。我把撒剩的小半盆麸皮全倒在李家墙根，上面撒一把土盖住。然后一趟子跑回来，观察蚂蚁的动静。

先是一只洞口处闲游的蚂蚁发现了麸皮。咬住一块拖了一下，扔下又咬另一块。当它发现有好多麸皮后，突然转身朝洞口跑去。我发现它在洞口处停顿了一下，好像探头朝洞里喊了一声，里面好像没听见，它一头钻进去，不到两秒钟，大批蚂蚁像一股黄水涌了出来。

蚂蚁出洞后，一部分忙着往洞里搬近处的麸皮，一部分顺着我撒的线往前跑。有一个先头兵，速度非常快，跑一截子，对一粒麸皮咬一口，扔下再往前跑，好像给后面的蚂蚁做记号。我一直跟着这只蚂蚁绕过林带、柴垛，穿过那片长草的平地，再翻过那个坑，到了李家西墙根，蚂蚁发现墙根的一大堆麸皮后，几乎疯狂。它抬起两个前肢，高举着跳几个蹦子，肯定还喊出了什么，但我听不见。它跑了那么远的路，似乎一点不累，飞快地绕麸皮堆转了一圈，又爬到堆顶上。往上爬时还踩翻一块麸皮，栽了一跟头。但它很快翻过身来，向这边跑几步，又朝那边跑几步，看样子像是在伸长膀子量这堆麸皮到底有多大体积。

做完这一切，它连滚带爬从麸皮堆上下来，沿来路飞快地往回跑。没跑多远，碰到两只随后赶来的蚂蚁，见面一碰头，一只立马转头往回跑，另一只朝麸皮堆的方向跑去。往回跑的刚绕过柴垛，大批蚂蚁已沿这条线源源不断赶来了，仍看见有往回飞跑的。只是我已经分不清刚才发现麸皮堆的那只这会儿跑到哪去了。我返回到蚂蚁洞口时，看见一股更粗的黄泉水正从洞口涌出来，沿我撒的那一溜黄色麸皮浩浩荡荡地朝李家墙根奔流而去。

我转身进屋拿了把铁锨，当我觉得洞里的蚂蚁已出来得差不多，大部分蚂蚁已经绕过柴垛快走到李家墙根了，我便果断地动手，在蚂蚁的来路上挖了一个一米多长、二十公分宽的深槽子。我刚挖好，一大群嘴里衔着麸皮的蚂蚁已翻过那个大坑涌到跟前，看见断了的路都慌乱起来。有几个，像试探着要跳过来，结果掉进沟里，摔得好一阵才爬起来，叼起麸皮又要沿沟壁爬上来，那是不可能的，我挖的沟槽下边宽上边窄，蚂蚁爬不了多高就又掉下去。

而在另一边，迟缓赶来的一小部分蚂蚁也涌到沟沿上，两伙蚂蚁隔着沟相互挥手、跳蹦子。

"怎么啦。"

"怎么回事。"

我好像听见它们喊叫。

我知道蚂蚁是聪明动物。慌乱一阵后就会自动安静下来，处理好遇到的麻烦事情。以它们的聪明，肯定会想到在这堆麸皮下面重打一个洞，筑一个新窝，窝里造一个能盛下这堆麸皮的大粮仓。因为回去的路已经断了，况且家又那么远，回家的时间足够建一个新家了。就像我们村有几户人，在野地打了粮食，懒得拉回来，就盖一间房子，住下来就地吃掉。李家墙根的地不太硬，打起洞来也不费劲。

蚂蚁如果这样去做我就成功了。

我已经看见一部分蚂蚁叼着麸皮又回到李家墙根，好像商量着就按我的思路行动了。这时天不知不觉黑了，我才发现自己跟这窝蚂蚁耗了大半天。我已经看不清地上的蚂蚁。况且，李家老二早就开始怀疑我，不住地朝这边望。他不清楚我在干什么。但他知道我不会干好事。我咳嗽了两声，装得啥事没有，踢着地上的草，绕过柴垛回到院子。

第二天一大早，我出来发现那堆麸皮不见了，一粒也没有了。从李家墙根开始，一条细细的、踩得光光的蚂蚁路，穿过大土坑，通到我挖的沟槽边，沿沟边向北伸了一米多，到没沟的地方，又从对面折回来，再穿过草滩、绕过柴垛和林带，一直通到我们家墙根的蚂蚁洞口。

一只蚂蚁都没看见。

野兔的路

　　上午我沿一条野兔的路向西走了近半小时，我想去看看野兔是咋生活的。野兔的路窄窄的，勉强能容下我的一只脚。要是迎面走来一只野兔，我只有让到一旁，让它先过去。可是一只野兔也没有。看得出，野兔在这条路上走了许多年，小路陷进地面有一拳深。路上撒满了黑豆般大小的粪蛋。野兔喜欢把粪蛋撒在自己的路上，可能边走边撒，边跑边撒，它不会为排粪蛋这样的小事停下来，像人一样专门找个隐蔽处蹲半天。野兔的事可能不比人的少。它们一生下就跑，为一口草跑，为一条命跑，用四只小蹄跑。结果呢，谁知道跑掉了多少。

　　一只奔波中的野兔，看见自己上午撒的粪蛋还在路上新鲜地冒着热气是不是很有意思。

　　不吃窝边草的野兔，为一口草奔跑一夜回来，看见窝边青草被别的野兔或野羊吃得精光又是什么感触。

　　兔的路小心地绕过一些微小东西，一棵草、一截断木、一个土块就能让它弯曲。有时兔的路从挨得很近的两棵刺草间穿过，我只好绕过去。其实我无法看见野兔的生活，它们躲到这么远，就是害怕让人看见。一旦让人看见或许就没命了。或许我的到来已经惊跑了野兔。反正，一只野兔没碰到，却走到一片密麻麻的铃铛刺旁，打量了半天，根本无法过去。我蹲下身，看见野兔的路伸进刺丛，在那些刺条的根部绕来绕去不见了。

　　往回走时，看见自己的一行大脚印深嵌在窄窄的兔子的小路上，突然觉得好笑。我不去走自己的大道，跑到这条小动物的路上闲逛啥，把人家的路踩坏。野兔要来来回回走多少年，才能把我的一只深脚印踩平。或许野兔一生气，不要这条路了。气再生得大点，不要这片草地了，翻过沙梁远远地迁居到另一片草地。你说我这么大的人了，干了件啥事。

　　过了几天，我专程来看了看这条路，发现上面又有了新鲜的小爪印，看来野兔没放弃它。只是我的深脚印给野兔增添了一路坎坷，好久都觉得不好意思。

——节选自《剩下的事情》

三 只 虫

一只八条腿的小虫，在我的手指上往前爬，爬得慢极了，走走停停，八只小爪踩上去痒痒的。停下的时候，就把针尖大的小头抬起往前望。然后再走。我看得可笑。它望见前面没路了吗？竟然还走。再走一小会儿，就是指甲盖，指甲盖很光滑，到了尽头，它若悬崖勒不住马，肯定一头栽下去。我正为这粒小虫的短视和盲目好笑，它已过了我的指甲盖，到了指尖，头一低，没掉下去，竟从指头底部慢慢悠悠向手心爬去了。

这下该我为自己的眼光羞愧了，我竟没看见指头底下还有路。走向手心的路。

人的自以为是使人只能走到人这一步。

虫子能走到哪里，我除了知道小虫一辈子都走不了几百米，走不出这片草滩以外，我确实不知道虫走到了哪里。

一次我看见一只蜣螂滚着一颗比它大好几倍的粪蛋，滚到一个半坡上。蜣螂头抵着地，用两只后腿使劲往上滚，费了很大劲才滚动了一点点。而且，只要蜣螂稍一松劲，粪蛋有可能再滚下去。我看得着急，真想伸手帮它一把，却不知蜣螂要把它弄到哪。朝四周看了一圈也没弄清哪是蜣螂的家，是左边那棵草底下，还是右边那几块土坷垃中间。假如弄明白的话，我一伸手就会把这个对蜣螂来说沉重无比的粪蛋轻松拿起来，放到它的家里。我不清楚蜣螂在滚这个粪蛋前，是否先看好了路，我看了半天，也没看出朝这个方向滚去有啥好去处，上了这个小坡是一片平地，再过去是一个更大的坡，坡上都是草，除非从空中运，或者蜣螂先铲草开一条路，否则粪蛋根本无法过去。

或许我的想法天真，蜣螂根本不想把粪蛋滚到哪去。它只是做一个游戏，用后腿把粪蛋滚到坡顶上，然后它转过身，绕到另一边，用两只前爪猛一推，粪蛋骨碌碌滚了下去，它要看看能滚多远，以此来断定是后腿劲大还是前腿劲大。谁知道呢。反正我没搞清楚，还是少管闲事。我已经有过教训。

那次是一只蚂蚁，背着一条至少比它大二十倍的干虫，被一个土块挡住。蚂蚁先是自己爬上土块，用嘴咬住干虫往上拉，试了几下不行，又下来钻到干虫下面用头顶，竟然顶起来，摇摇晃晃，眼看顶上去了，却掉了下来，正好把蚂蚁碰了个仰面朝天。蚂蚁一骨碌爬起来，想都没想，又换了种姿势，像那只蜣螂那样头顶着地，用后腿往上举。结果还是一样。但它一刻不停，动作越来越快，也越来越没效果。

我猜想这只蚂蚁一定是急于把干虫搬回洞去。洞里有多少孤老寡小在等着这条虫呢。我要能帮帮它多好。或者，要是再有一只蚂蚁帮忙，不就好办多了吗。正好附近有一只闲转的蚂蚁，我把它抓住，放在那个土块上，我想让它站在上面往上拉，下面的蚂蚁正拼命往上顶呢，一拉一顶，不就上去了吗。

可是这只蚂蚁不愿帮忙，我一放下，它便跳下土块跑了。我又把它抓回来，这次是放在那只忙碌的蚂蚁的旁边，我想是我强迫它帮忙，它生气了。先让两只蚂蚁见见面，商量商量，那只或许会求这只帮忙，这只先说忙，没时间。那只说，不白帮，过后给你一条虫腿。这只说不行，给两条。一条半。那只还价。

我又想错了。那只忙碌的蚂蚁好像感到身后有动静，一回头看见这只，二话没说，扑上去就打。这只被打翻在地，爬起来仓皇而逃。也没看清咋打的，好像两只牵在一起，先是用口咬，接着那只腾出一只前爪，抡开向这只脸上扇去，这只便倒地了。

那只连口气都不喘，回过身又开始搬干虫。我真看急了，一伸手，连干虫带蚂蚁一起扔到土块那边。我想蚂蚁肯定会感激这个天降的帮忙。没想到它生气了，一口咬住干虫，拼命使着劲，硬要把它原搬到土块那边去。

我又搞错了。也许蚂蚁只是想试试自己能不能把一条干虫搬过土块，我却认为它要搬回家去。真是的，一条干虫，我会搬它回家吗。

也许都不是。我这颗大脑袋，压根不知道蚂蚁那只小脑袋里的事情。

——节选自《剩下的事情》

老鼠应该有一个好收成

　　我用一个下午，观察老鼠洞穴。我坐在一蓬白草下面，离鼠洞约二十米远。这是老鼠允许我接近的最近距离。再逼近半步老鼠便会仓皇逃进洞穴，让我什么都看不见。

　　老鼠洞筑在地头一个土包上，有七八个洞口。不知老鼠凭什么选择了这个较高的地势。也许是在洞穴被水淹多少次后，知道了把洞筑在高处。但这个高它是怎样确定的？靠老鼠的寸光之目，是怎样对一片大地域的地势作高低判断的？它选择一个土包，爬上去望望，自以为身居高处，却不知这个小土包是在一个大坑里。这种可笑短视行为连人都无法避免，何况老鼠。

　　但老鼠的这个洞的确筑在高处。以我的眼光，方圆几十里内，这也是最好的地势。再大的水灾也不会威胁到它。

　　这个蜂窝状的鼠洞里住着大约上百只老鼠，每个洞口都有老鼠进进出出，有往外运麦壳和杂渣的，有往里搬麦穗和麦粒的。那繁忙的景象让人觉得它们才是真正的收获者。

有几次我扛着锹过去，忍不住想挖开老鼠的洞看看，它到底贮藏了多少麦子。但我还是没有下手。

老鼠洞分上中下三层，老鼠把麦穗从田野里运回来，先贮存在最上层的洞穴。中层是加工作坊。老鼠把麦穗上的麦粒一粒粒剥下来，麦壳和渣子运出洞外，干净饱满的麦粒从一个垂直洞口滚落到最下层的底仓。

每一项工作都有严格的分工，不知这种分工和内部管理是怎样完成的。在一群匆忙的老鼠中，哪一个是它们的王，我不认识。我观察了一下午，也没有发现一只背着手迈着方步闲转的官鼠。

我曾在麦地中看见一只当搬运工具的小老鼠，它仰面朝天躺在地上，四肢紧抱着两支麦穗，另一只大老鼠用嘴咬住它的尾巴，当车一样拉着它走。我走近时，拉的那只扔下它跑了，这只不知道发生了啥事，抱着麦穗躺在地上发愣。我踢了它一脚，才反应过来，一骨碌爬起来，扔下麦穗便跑。我看见它的脊背上磨得红兮兮的，没有了毛。跑起来一歪一斜，很疼的样子。

以前我在地头见过好几只脊背上没毛的死老鼠，我还以为是它们厮打致死的，现在明白了。

在麦地中，经常能碰到几只匆忙奔走的老鼠，它们让我停住脚步，想想自己这只忙碌的大老鼠，一天到晚又忙出了啥意思。我终生都不会走进老鼠深深的洞穴，像个客人，打量它堆满底仓的干净麦粒。

老鼠应该有这样的好收成。这也是老鼠的土地。

我们未开垦时，这片长满苦豆和艾蒿的荒地上到处是鼠洞，老鼠靠草籽和草秆为生，过着富足安逸的日子。我们烧掉蒿草和灌木，毁掉老鼠洞，把地翻一翻，种上麦子。我们以为老鼠全被埋进地里了。当我们来割麦子的时候，发现地头筑满了老鼠洞，它们已先我们开始了紧张忙碌的麦收。这些没草籽可食的老鼠，只有靠麦粒为生。被我们称为细粮的坚硬麦粒，不知合不合老鼠的口味，老鼠吃着它胃舒不舒服。

这些匆忙的抢收者，让人感到丰收和喜悦不仅仅是人的，也是万物的。

我们喜庆的日子，如果一只老鼠在哭泣，一只鸟在伤心流泪，我们的欢乐将是多么的孤独和尴尬。

在我们周围，另一种动物，也在为这片麦子的丰收而欢庆，我们听不见它们的笑声，但能感觉到。

它们和村人一样期待了一个春天和一个漫长夏季。它们的期望没有落空。我们也没落空。它们用那只每次只能拿一只麦穗、捧两颗麦粒的小爪子，从我们的大丰收中，拿走一点儿，就能过很好的日子。而我们，几乎每年都差那么一点儿，就能幸福美满地——吃饱肚子。

——节选自《剩下的事情》

阿格村夜晚

　　■■■■■■■阿格村的空气布满浓浓的木头味道，仿佛那些白杨树晒了整天的太阳后打出一连串饱嗝。我们进村时天已经黑了一阵，村子里没电。在汽车的灯光里看见路边摆着剥了皮的白杨木，一摞一摞的，紧靠着林带。不时看见几个维吾尔族男孩坐在木头上，车灯扫过后他们又回到夜色中。看见一个穿红衣裙的女孩，跑过马路捡一样东西，又借着车灯跑回来。细细的腰身，半高个子，扭头朝汽车望一眼，脸圆圆的，眼睛黑黑，似乎这个晚上一过，她就会长大。我们再不会见到她。一朵暗处的花朵，她的美丽向更暗处开放，直至凋谢。还有那些在木头上玩耍的孩子，说着我们不明白的话语，暗暗地成长。我们不了解他们今天的晚上，就不会知道他们的明天。村子里没一点儿光明，夜浓得跟酽茶一样。头顶远远的星光照着他们，在白杨树哗哗的响声里，模糊、暗淡，看不清彼此，相互隐匿又心明无误。前半夜里说着后半生的事情，后半夜全是自己记不清的梦。我们只是偶然路经，在车灯的一晃中看见那些异族的童年身影，不知道他们什么时候聚在那里，又会在什么时候，悄然地散去。

再次看见他们是在另一天下午。他们或躺或坐在路边的白杨树下，满脸胡须，手里拿着镰刀。我们站在另一排白杨树下，隔着白热的阳光，听不清他们在说些什么。麦子长在身后的田野里，眼看要黄熟了，又好像还得些日子。他们手握镰刀，一天天地坐在那里等。对面是乡政府办公室。他们说着话，眼睛斜视着乡政府大门。我们进去办事，喝几杯茶出来他们还在那里。书记的小车出去上一趟县城又回来，他们还在那里。这一任乡长下台后一任上台，他们还坐在那里。我们不知道他们在等待什么。一人一亩地的麦子，对这些维吾尔族壮汉来说显然不是件大事。毛驴的草和孩子的衣食也似乎不是什么太大的事，尽管地里的收成刚刚够吃饱肚子。除了老婆孩子和一头听话的毛驴，其余全部家产就只是房前屋后的白杨树了。那是另一层天空，白天绿荫覆盖，夜晚撑高月色，让哗哗的树叶声，带着一两句突兀的驴鸣狗吠，荡远又回来。就是那样的夜晚使我们之间变得遥远、陌生。白天我们有时走过去，跟他们一一握手，生疏地问答几句，用我们或他们的语言。我们想接近时，就会感受到那些不可交换的言辞与言辞之间，手与手、眼睛与眼睛、呼呼与呼吸之间，横隔着无数个我们看不清的遥远夜晚。在那些长夜里，他们坐在白杨树下，村子里没有灯光，偶尔的驴叫声打破暗夜的宁静。在更暗的夜里他们聚在树梢上面的高远星空，东一片西一片，发着不属于这个世界的微弱光明。我们再不会走过去、伸出手。那是一种永远的远，对于我们。

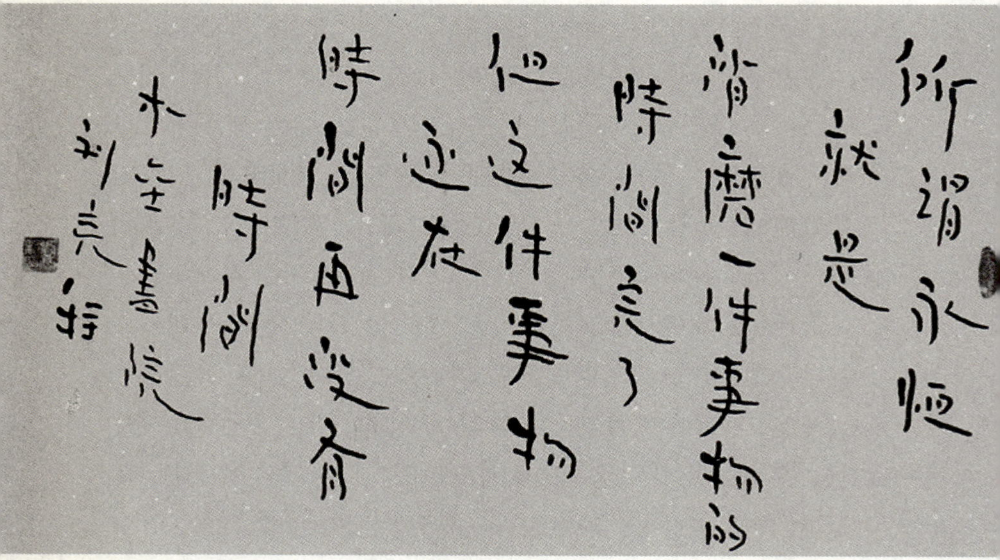

所谓永恒，就是消磨一件事物的时间完了，但这件事物还在，时间再受齐时间，才�是书院

刘亮程 书

刘亮程书法作品

今　世

　　她把油菜种子绑在蒲公英种子上，一路顺风飘去。把榆钱的壳打开，换上饱满麦粒。她用这种方式向远处播撒粮食，骗过鸟、牲畜，在漫长的西风里，鸟朝南飞，承载麦粒、油菜的榆钱和蒲公英向东飘，在空中它们迎面相遇。鸟的右眼微眯，满目是迅疾飘近的东西，左眼圆睁，左眼里的一切都在远去。

　　　　　　　　　　——《一朵花向整个大地开放自己》

刘亮程画作

对一朵花微笑

　　我一回头，身后的草全开花了。一大片。好像谁说了一个笑话，把一滩草惹笑了。

　　我正躺在土坡上想事情。是否我想的事情——一个人头脑中的奇怪想法让草觉得好笑，在微风中笑得前仰后合。有的哈哈大笑，有的半掩芳唇，忍俊不禁。靠近我身边的两朵，一朵面朝我，张开薄薄的粉红花瓣，似有吟吟笑声入耳。另一朵则扭头掩面，仍不能遮住笑颜。我禁不住也笑了起来。先是微笑，继而哈哈大笑。

　　这是我第一次在荒野中，一个人笑出声来。

　　还有一次，我在麦地南边的一片绿草中睡了一觉。我太喜欢这片绿草了，墨绿墨绿，和周围的枯黄野地形成鲜明对比。

　　我想大概是一个月前，浇灌麦地的人没看好水，或许他把水放进麦田后睡觉去了。水漫过田埂，顺这条干沟漫流而下。枯萎多年的荒草终于等来一次生机。那种绿，是积攒了多少年的，一如我目光中的饥渴。我虽不能像一头牛一样扑过去，猛吃一顿，但我可以在绿草中睡一觉。和我喜爱的东西一起睡一觉，做一个梦，也是满足。

一个在枯黄田野上劳忙半世的人，终于等来草木青青的一年。一小片。草木会不会等到我出人头地的一天。

这些简单地长几片叶、伸几条枝、开几瓣小花的草木，从没长高长大，没有茂盛过的草木，每年每年，从我少有笑容的脸和无精打采的行走中，看到的是否全是不景气。

我活得太严肃，呆板的脸似乎对生存已经麻木，忘了对一朵花微笑，为一片新叶欢欣和激动。这不容易开一次的花朵，难得长出的一片叶子，在荒野中，我的微笑可能是对一个卑小生命的欢迎和鼓励。就像青青芳草让我看到一生中那些还未到来的美好前景。

以后我觉得，我成了荒野中的一个。真正进入一片荒野其实不容易，荒野旷敞着，这个巨大的门让你在努力进入时不经意已经走出来，成为外面人。它的细部永远对你紧闭着。

走进一株草、一滴水、一粒小虫的路可能更远。弄懂一棵草，并不仅限于把草喂到嘴里嚼几下，尝尝味道。挖一个坑，把自己栽进去，浇点水，直愣愣站上半天，感觉到的可能只是腿酸脚麻和腰疼，并不能断定草木长在土里也是这般情景。人没有草木那样深的根，无法知道土深处的事情。人埋在自己的事情里，埋得暗无天日。人把一件件事情干完、干好，人就渐渐出来了。

我从草木身上得到的只是一些人的道理，并不是草木的道理。我自以为弄懂了它们，其实我弄懂了自己。我不懂它们。

——节选自《剩下的事情》

一朵花向整个大地开放自己

　　我记住临近秋天的黄昏，天空逐渐透明，一春一夏的风把空气中的尘埃吹得干干净净。早黄的叶子开始往远处飘了。我的母亲，在每年的这个时节站在房顶，做着一件我们都不知道的事。

　　她把油菜种子绑在蒲公英种子上，一路顺风飘去。把榆钱的壳打开，换上饱满麦粒。她用这种方式向远处播撒粮食，骗过鸟、牲畜，在漫长的西风里，鸟朝南飞，承载麦粒、油菜的榆钱和蒲公英向东飘，在空中它们迎面相遇。鸟的右眼微眯，满目是迅疾飘近的东西，左眼圆睁，左眼里的一切都在远去。

　　我很早的时候，看见母亲等候外出的父亲，每个黄昏她做好晚饭等，铺好被褥等。我们睡着后她望着黑黑的屋顶等。我不知道远去的人中哪个是我的父亲。我不认识他。偶尔的一个夜晚他赶车回来，或许是经过这个有他的家和孩子的村庄。在我迷迷糊糊的梦中，听见马车吆进院子，听见他和母亲低声说话。他卸下几袋粮食装上几张皮子，换上母亲纳的新鞋，把他穿破的一双鞋脱在炕头。在我们来不及醒来的早晨，他的马车又赶出村子上路了。出门前他一定挨个地抚摸我们的头，从土炕的这边到那边，他的五个孩子，没有一个在那时候醒来，看他一眼，叫声爹。他走后的一年里，这个土炕上又会多一个孩子。每次经过村庄他都会让母亲再一次怀孕，从他离开的那一夜起，母亲的身体会一天天变重。她哪都去不了。我的母亲，只有在每年的五月，榆钱熟落时，成筐地收拾榆树种子。她早早把榆树下的地铲平，扫干净，等榆钱落了厚厚一层，便带我们来到树下。那时东风已刮得起劲了。我们在沙沙的飘落声里，把满地的榆钱扫成堆，一筐筐提回家。到了六月，早熟的蒲公英开始朝远处飘了。我的母亲，赶在它们飘飞前，把那些带小白伞的种子装进布袋，她用它给儿女们做枕头，让她的孩子夜夜梦见自己在天上飞，然后，她在早晨问他们看见了什么。

许多事情他们不知道。母亲，我看你站在高高的房顶，手一扬一扬，仿佛做着一件天上的事。风吹种子。许多事情没有弄清。一棵蒲公英只知道它的种子随风飘起，却不知道每一颗都落向哪里。第二年春天，或夏天，有没有它们落地扎根的消息随风传来。就像我们的亲人，在千里外的甘肃老家，收到我们在虚土庄安家的消息。

那些信上说，我们已经在一道虚土梁上住下来，让他们赶紧来，我们在梁上等他们。虚土梁是一个显眼的高处，几十里外就能看见我们盖在梁上的房子，望见我们一早一晚的炊烟。

信里还说，我们在梁上顶多等五年。顶多五年，我们就搬到一个更好的地方。

　　他们说等五年的时候，只想到五年内故乡的亲人有可能到齐，
地里的余粮够重新上路，房后的榆树长到可以做辕木。

　　可是，栽在屋前的桃树也会长大，第三年就开花结果。那些花
和果会留人。今年的桃子吃完了，明年后年的鲜桃还会等他们。等待
人们的不仅仅是远处的好地方，还有触手可及的身边事物。

　　一年年整平顺的地会留人，走熟的路会留人，破墙头会留人。
即使等来的老家亲人，走到这里也早筋疲力尽，就像当初人们到来时
一样，没有前走的一丝力气。

　　不过，等到真正动身了，人就已经铁了心，什么东西都留不住
了。铃铛刺撕扯衣襟也没用，门槛绊脚也没用，泪水遮眼也没用。

　　关键是人没动身之前，下午照在西墙的一缕阳光，就把人牢牢
留住。长在屋旁一棵小草的浅浅花香，就把人永远留住。

　　蒲公英从五月开始播撒种子。那时早熟的种子随东风飘向西边
的广阔戈壁。到了七月南风起时，次熟的种子被刮到沙漠边的灌木
丛，或更远的沙漠腹地。八九月，西风骤起，大量熟落的种子飘向东
边的干旱荒野。十月，北风把最后的蒲公英刮向南山。南山是蒲公英
最理想的生栖地。吹到北沙漠的种子，也会在漫长的漂泊中被另一场
风刮回来、落在水土丰美的南山坡地。

　　一年四季，一棵生长在虚土梁上的蒲公英，朝四个方向盛开自
己。它巨大的开放被谁看见了。在一朵蒲公英的盛开里，我们生活多

年。那朵开过头顶的花，覆盖了整个村庄荒野。那些走得最远的人，远远地落在一朵飘飞的蒲公英后面。它不住地回头，看见他们。看见和自己生存在同一片土梁的那些人，和自己一样，被一场一场的风吹远。又永远地跑不快跑不远。它为他们叹息，又无法自顾。

　　一粒种子在飘飞的路途中渐渐有了意识，知道自己要往哪去，在哪扎根。一粒种子在昏天暗地的大风中睁开眼睛，看见迅疾向后漂移的荒漠大地，看见匍匐的草，疯狂摇晃的树木，看见河流、深陷荒野的细细流水，和向深扩展的莽莽两岸，看见一片土坡上，艰难活命的自己，一根歪斜的枝，几片皱巴巴叶子。看见秋天从头顶经过，风声枯涩，带走夏天时就已坠地的几片黄叶——这就是我的命啊。一粒种子在落地的瞬间永远地闭上眼睛。从此它再看不见自己。不知道自己是否发芽，是否长出叶子，是否未落稳又被另一场风刮走。它的生长，只是一场不让自己看见的黑暗的梦。

　　这就是一棵草。

　　它或许永远不知道自己怎样活着。它的叶子被一只羊看见，被飘过头顶的一粒自己的种子看见。

　　就在人们待在村里，梦想着怎样远走的那些年，一群鸟一次次飞到南方又回来。一窝蚂蚁，排起长队，拖家带口迁徙到戈壁那边的胡杨绿地。连爬得最慢的甲壳虫，也穿过荒滩去了趟沙漠边。每一朵花都向整个大地开放了自己。

——节选自《虚土》

一片叶子下生活

如果我们要求不高，一片叶子下安置一生的日子。花粉佐餐，露水茶饮，左邻一只叫花姑娘的甲壳虫，右邻两只忙忙碌碌的褐黄蚂蚁。这样的秋天，各种粮食的香味弥漫在空气里，粥一样稠浓的西北风，喝一口便饱了肚子。

我会让你喜欢上这样的日子，生生世世跟我过下去。叶子下怀孕，叶子上产子。我让你一次生一百个孩子。他们三两天长大，到另一片叶子下过自己的生活。我们不计划生育，只计划好用多久时间，让田野上到处是我们的子女。他们天生可爱懂事，我们的孩子，只接受阳光和风的教育，在露水和花粉里领受我们的全部旨意。他们向南飞，向北飞，向东飞，都回到家里。

如果我们要求不高，一小洼水边，一块土下，一个浅浅的牛蹄窝里，都能安排好一生的日子。针尖小的一丝阳光暖热身子，头发细的一丝清风，让我们凉爽半个下午。

　　我们不要家具，不要床，困了你睡在我身上，我睡在一粒发芽的草籽上，梦中我们被手掌一样的蓓蕾捧起，越举越高，醒来时就到夏天了。扇扇双翅，我要到花花绿绿的田野转一趟。一朵叫紫胭的花上你睡午觉，一朵叫红媚的花儿在头顶撑开凉棚。谁也不惊动你，紫色花粉沾满身子，红色花粉落进梦里。等我转一圈回来，拍拍屁股，宝贝，快起来怀孕生子，东边那片麦茬地里空空荡荡，我们把子孙繁衍到那里。

　　如果不嫌轻，我们还可以像两股风一样过日子。春天的早晨你从东边那条山谷吹过来，我从南边那片田野刮过去。我们遇到一起合成一股风。是两股紧紧抱在一起的风。

　　我们吹开花朵，不吹起一粒尘土。

　　吹开尘土，看见埋没多年的事物，跟新的一样。

　　当更大更猛的风刮过田野，我们在哗哗的叶子声里藏起了自己，不跟它们刮往远处。

　　围绕村子，一根杨树枝上的红布条够你吹动一个下午，一把旧镰刀上的斑驳尘锈够我们拂拭一辈子。生活在哪儿停住，哪儿就有锈迹和累累尘土。我们吹不动更重的东西，石磨盘下的天空草地，压在深厚墙基下的金子银子，还有更沉重的这片村庄田野的百年心事。

　　也许，吹响一片叶子，摇落一粒草籽，吹醒一只眼睛里的晴朗天空——这些才是我们最想做的。

　　可是，我还是喜欢一片叶子下的安闲日子，叶子上怀孕，叶子下产子。田野上到处是我们可爱的孩子。

　　如果我们死了，收回快乐忙碌的四肢，一动不动躺在微风里。

说好了，谁也不蹬腿，躺多久也不翻身。

不要把我们的死告诉孩子。死亡仅仅是我们的事，孩子们会一代一代地生活下去。

如果我们不死，只有头顶的叶子黄落，身下的叶子也黄落。落叶铺满秋天的道路。下雪前我们搭乘拉禾秆的牛车回到村子。天渐渐冷了，我们不穿冬衣，长一身毛。你长一身红毛，我长一身黑毛。一红一黑站在雪地。太冷了就到老鼠洞穴蚂蚁洞穴避寒几日。

不想过冬天也可以，选一个隐蔽处昏然睡去，一直睡到春暖草绿。睁开眼，我会不会已经不认识你，你会不会被西风刮到河那边的田野里？冬眠前我们最好手握手面对面，紧抱在一起。春天最早的阳光从东边照来，先温暖你的小身子。如果你先醒了，坐起来等我一会儿。太阳照到我的脸上我就醒来，动动身体，睁开眼睛，看见你正一口一口吹我身上的尘土。

又一年春天了。你说。

又一年春天了。我说。

我们在城里的房子是否已被拆除，在城里的车是否已经跑丢了毂辘。城里的朋友，是否全变成老鼠，顺着墙根溜出街市，跑到村庄田野里？

你说，等他们全变成老鼠了，我们再回去。

——节选自《一片叶子下生活》

今生今世的证据

我走的时候，我还不懂得怜惜曾经拥有的事物，我们随便把一堵院墙推倒，砍掉那些树，拆毁圈棚和炉灶，我们想它们没用处了。我们搬去的地方会有许多新东西。一切都会再有的，随着日子一天天好转。

我走的时候还不知道向那些熟悉的东西告别。不知道回过头说一句：草，你要一年年地长下去啊；土墙，你站稳了，千万不能倒啊；房子，你能撑到哪年就强撑到哪年，万一你塌了，可千万把破墙圈留下，把朝南的门洞和窗口留下，把墙角的烟道和锅头留下，把破瓦片留下，最好留下一小块泥皮，即使墙皮全脱落光，也在不经意的、风雨冲刷不到的那个墙角上，留下巴掌大的一小块吧，留下泥皮上的烟垢和灰，留下划痕、朽在墙中的木头和铁钉，这些都是我今生今世的证据啊。

我走的时候，我还不知道曾经的生活，有一天会需要证明。

　　有一天会再没有人能够相信过去。我也会对以往的一切产生怀疑。那是我曾经有过的生活吗？我真的看见过大地深处的大风？更黑，更猛，朝着相反的方向，刮动万物的骨骸和根须。我真的听见过一只大鸟在夜晚的叫声？整个村子静静的，只有那只鸟在叫。我真的沿着那条黑寂的村巷仓皇奔逃？背后是紧追不舍的瘸腿男人，他的那条好腿一下一下地捣着地。我真的有过一棵自己的大榆树？真的有一根拴牛的榆木桩？它的横杈直端端指着我们家院门，找到它我便找到了回家的路。还有，我真的沐浴过那样恒久明亮的月光？它一夜一夜地已经照透墙、树木和道路，把银白的月辉渗浸到事物的背面。在那时候，那些东西不转身便正面背面都领受到月光，我不回头就看见了以往。

　　现在，谁还能说出一棵草、一根木头的全部真实？谁会看见一场一场的风吹倒旧墙、刮破院门，穿过一个人慢慢松开的骨缝，把所有所有的风声留在他的一生中？

　　这一切，难道不是一场一场的梦？如果没有那些旧房子和路，没有扬起又落下的尘土，没有与我一同长大仍旧活在村里的人、牲畜，没有还在吹刮着的那一场一场的风，谁会证实以往的生活——即使有它们，一个人内心的生存谁又能见证？

　　我回到曾经是我的现在已成别人的村庄。只几十年工夫，它变成另一个样子。尽管我早知道它会变成这样——许多年前他们往这些墙上抹泥巴、刷白灰时，我便知道这些白灰和泥皮迟早会脱落得一干二净。他们打那些土墙时，我便清楚这些墙最终会回到土里——他们挖墙边的土，一截一截往上打墙，还喊着打夯的号子，让远远近近的人都知道这个地方在打墙盖房子了。墙打好后，每堵墙边都留下一个坑，墙打得越高坑便越大越深。他们也不填它，顶多在坑里栽几棵树。那些坑便一直在墙边等着，一年又一年，那时我就知道一个土坑漫长等待的是什么。

但我却不知道这一切面目全非、行将消失时，一只早年间日日以清脆嘹亮的鸣叫唤醒人们的大红公鸡、一条老死窝中的黑狗、每个午后都照在（已经消失的）门框上的那一缕夕阳……是否也与一粒土一样归于沉寂。还有，在它们中间悄无声息度过童年、少年、青年时光的我，他的快乐、孤独、无人感知的惊恐与激动……对于今天的生活，它们是否变得毫无意义。

当家园废失，我知道所有回家的脚步都已踏踏实实地迈上了虚无之途。

先　父

一

　　我比年少时更需要一个父亲，他住在我隔壁，夜里我听他打呼噜，费劲地喘气。看他弓腰推门进来，一脸皱纹，眼皮耷拉，张开剩下两颗牙齿的嘴，对我说一句话。我们在一张餐桌上吃饭，他坐上席，我在他旁边，看着他颤巍巍伸出一只青筋暴露的手，已经抓不住什么，又抖抖地勉力去抓住。听他咳嗽，大口喘气——这就是数年之后的我自己。一个父亲，把全部的老年展示给儿子，一如我把整个童年、青年带回到他眼前。

　　在一个家里，儿子守着父亲老去，就像父亲看着儿子长大成人。这个过程中儿子慢慢懂得老是怎么回事。父亲在前面蹚路。父亲离开后儿子会知道自己四十岁时该做什么，五十岁、六十岁时要考虑什么，到了七八十岁，该放下什么，去着手操劳什么。

　　可是，我没有这样一个老父亲。

　　我活得比你还老的时候，身心的一部分仍旧是一个孩子。我叫你爹，叫你父亲，你再不答应。我叫你爹的那部分永远地长不大了。

　　多少年后，我活到你死亡的年龄：三十七岁。我想，我能过去这一年，就比你都老了。作为一个女儿的父亲，我会活得更老。那时想起年纪轻轻就离去的你，就像怀想一个早夭的儿子。你给我童年，我自己走向青年、中年。

　　我的女儿只看见过你的坟墓。我清明带着她上坟，让她跪在你的墓前磕头，叫你爷爷。你这个没福气的人，没有活到她张口叫你爷爷的年龄。如果你能够，在那个几乎活不下去的年月，想到多少年后，会有一个孙女附在耳边轻声叫你爷爷，亲你胡子拉碴的脸，或许你会为此活下去。但你没有。

二

　　留下五个儿女的父亲，在五条回家的路上。一到夜晚，村庄的五个方向有你的脚步声。狗都不认识你了。五个儿女分别出去开门，看见不同的月色星空。他们早已忘记模样的父亲，一脸漆黑，埋没在夜色中。

　　多年来儿女们记住的，是五个不同的父亲。或许根本没有一个父亲。所有对你的记忆都是空的。我们好像从来就没有过你。只是觉得跟别人一样应该有一个父亲，尽管是一个死去的父亲。每年清明我们上坟去看你，给你烧纸、烧烟和倒酒。边烧边在坟头吃喝说笑。喝剩下的酒埋在你的头顶。临走了再跪在墓碑前叫声父亲。

　　我们真的有过一个父亲吗？

　　当我们谈起你时，几乎没有一点共同的记忆。我不知道六岁便失去你的弟弟记住的那个父亲是谁。当时还在母亲怀中哇哇大哭的妹妹记住的，又是怎样一个父亲。母亲记忆中的那个丈夫跟我们又有什么关系。你死的那年我八岁，大哥十一岁，最小的妹妹才八个月。我的记忆中没有一点你的影子。我对你的所有记忆是我构想的。我自己创造了一个父亲，通过母亲、认识你的那些人。也通过我自己。

　　如果生命是一滴水，那我一定流经了上游。我一定经过了我的祖先、爷爷奶奶、父亲母亲，就像我迷茫中经过的无数个黑夜。我浑然不觉的黑夜。我睁开眼睛。只是我不知道我来到世上那几年里，我看见了什么。我的童年被我丢掉了，包括那个我叫父亲的人。

　　我真的早已忘了，这个把我带到世上的人。我记不起他的样子，忘了他怎样在我记忆模糊的幼年，教我说话，逗我玩，让我骑在他的脖子上，在院子里走。我忘了他的个头，想不起家里仅存的一张照片上，那个面容清瘦的男人曾经跟我有过什么关系。他把我拉扯到八岁，他走了。可我八岁之前的记忆全是黑夜，我看不清他。

　　我需要一个父亲，在我成年之后，把我最初的那段人生讲给我。就像你需要一个儿子，当你死后，我还在世间传播你的种子。你把我的童年全带走了，连一点影子都没留下。

　　我只知道有过一个父亲。在我前头，隐约走过这样一个人。

　　我得有一脚踩在他的脚印上，隔着厚厚的尘土。我得有一声追上他的声。我吸的有一口气，是他呼出的。

　　你死后我所有的童年之梦全破灭了。剩下的只是生存。

三

　　我没见过爷爷，他在父亲很小时便去世了。我的奶奶活到七十八岁。那是我看见的唯一一个亲人的老年。父亲死后她又活了三年，或许是四年。她把全部的老年光景示意给了母亲。我们的奶奶，那个老年丧子的奶奶，我已经想不起她的模样，记忆中只有一个灰灰的老人，灰白头发，灰旧衣服，弓着背，小脚，拄拐，活在一群未成年的孙儿中。她给我们做饭，洗碗。晚上睡在最里边的炕角。我仿佛记得她在深夜里的咳嗽和喘息，记得她摸索着下炕，开门出去。过一会儿，又进来，摸索着上炕。全是黑黑的感觉。有一个早晨，她再没有醒来，母亲做好早饭喊她，我们也大声喊她。她就睡在那个炕角，弓着身，背对我们，像一个熟睡的孩子。

　　母亲肯定知道奶奶的更多细节，她没有讲给我们。我们也很少问过。仿佛我们对自己的童年更感兴趣。童年是我们自己的陌生人，那段看不见的人生，永远吸引我们。我们并不想看清陪伴童年的那个老人。我们连自己都无法弄清。印象中奶奶只是一个遥远的亲人，一个称谓。她死的时候，我们的童年还没有结束。她什么都没有看见，除了自己独生儿子的死，她在那样的年月里，看不见我们前途的一丝光亮。我们的未来向她关闭了。她带走的有关我们的所有记忆是愁苦。她走的时候，一定从童年领走了我们，在遥远的天国，她抚养着永远长不大的一群孙儿孙女。

四

在我八岁，你离世的第二年，我看见十二岁时的光景：个头稍高一些，胳膊长到锨把粗，能抱动两块土块，背一大捆柴从野地回来，走更远的路去大队买东西——那是我大哥当时的岁数。我和他隔了四年，看见自己在慢慢朝一捆背不动的柴走近，我的身体正一碗饭、一碗水地长到能背起一捆柴、一袋粮食。

然后我到了十六岁，外出上学。十九岁到安吉小镇工作。那时大哥已下地劳动，我有了跟他不一样的生活，我再不用回去种地。

可是，到了四十岁，我对年岁突然没有了感觉。路被尘土蒙蔽。我不知道四十岁以后的下一年我是多大。我的父亲没有把那时的人生活给我看。他藏起我的老年，让我时刻回到童年。在那里，他的儿女永远都记得他收工回来的那些黄昏，晚饭的香味飘在院子。我们记住的饭菜全是那时的味道。我一生都在找寻那个傍晚那顿饭的味道，已忘了是什么饭，那股香气飘散在空气里，一家人围坐在桌旁，筷子摆齐，等父亲的脚步声踩进院子，等他带回一身尘土，在院门外拍打。

有这样一些日子，父亲就永远是父亲了，没有谁能替代他。我们做他的儿女，他再不回来我们还是他的儿女。一次次，我们回到有他的年月，回到他收工回来的那些傍晚，看见他一身尘土，头上落着草叶。他把铁锨立在墙根，一脸疲惫。母亲端来水让他洗脸，他坐在土墙的阴影里，一动不动，好像叹着气，我们全在一旁看着他。多少年后，他早不在人世，我们还在那里一动不动看着他。我们叫他父亲，声音传不过去；盛好饭，碗递不过去。

五

你死去后我的一部分也在死去。你离开的那个早晨我也永远地离开了，留在世上的那个我究竟是谁。

父亲，只有你能认出你的儿子。他从小流落人世，不知家，不知冷暖饥饱。只有你记得我身上的胎记，记得我初来人世的模样和眼神，记得我第一眼看见你时，紧张陌生的表情和勉强的一丝微笑。

我一直等你来认出我。我像一个父亲看儿子一样，一直看着我从八岁，长到四十岁。这应该是你做的事情。你闭上眼睛不管我了。我自己拉扯大自己。这个四十岁的我到底是谁。除了你，是否还有一双父亲的眼睛，在看着我。

我在世间待得太久了。谁拍打过我头上的土。谁会像擦拭尘埃一样，擦去我的年龄、皱纹，认出最初的模样。当我淹没在熙攘人群中，谁会在身后喊一声：呔，儿子。我回过头，看见我童年时的父亲，我满含热泪，一步步向他走去，从四十岁，走到八岁。我一直想把那个八岁的我从童年领出来。如果我能回去，我会像一个好父亲，拉着那个八岁孩子的手，一直走到现在。那样我会认识我，知道自己走过了怎样一条路。

现在，我站在四十岁的黄土梁上，望不见自己的老年，也看不清远去的童年。

我一直等你来认出我，告诉我姓氏，——指给我父母兄弟。他们一样急切地等着我回去认出他们。当我叫出大哥时，那个太不像我的长兄一脸欢喜，他被辨认出来。当我喊出母亲时，我一下喊出我自己，一个四十岁的儿子，回到家里，最小的妹妹都三十岁了。我们有了一个后父。家里已经没你的位置。

你在世间只留下名字，我为怀念你的名字把整个人生留在世间。我的身体承受你留下的重负，从小到大，你不去背的一捆柴我去背回来，你不再干的活我一件件干完。他们说我是你儿子，可是你是谁，是我怎样的一个父亲。我跟你走掉的那部分一遍遍地喊着父亲。我留下的身体扛起你的铁锨。你没挖到头的一截水渠我得接着挖完，你垒剩的半堵墙我们还得垒下去。

六

如果你在身旁，我可能会活成另外一个人。你放弃了教养我的职责。没有你我不知道该听谁的。谁有资格教育我做人做事。我以谁为榜样一岁岁成长。我像一棵荒野中的树，听由了风、阳光、雨水和自己的性情。谁告诉过我哪个枝丫长歪了。谁曾经修剪过我。如果你在，我肯定不会是现在的样子。尽管我从小就反抗你，听母亲说，我自小就不听你的话，你说东，我朝西。你指南，我故意向北。但我最终仍长得跟你一模一样。没有什么能改变你的旨意。我是你儿子，你孕育我的那一刻我便再无法改变。但我一直都想改变，我想活得跟你不一样。我活得跟你不一样时，内心的图景也许早已跟你一模一样。

早年认识你的人，见了我都说：你跟你父亲那时候一模一样。

我终究跟你一样了。你不在我也没活成别人的儿子。

可是，你那时坚持的也许我早已放弃，你舍身而守的，我或许已不了了之。没有你我会相信谁呢。你在时我连你的话都不信。现在我想听你的，你却一句不说。我多想让你吩咐我干一件事，就像早年，你收工回来，叫我把你背来的一捆柴码在墙根。那时我那么的不情愿，码一半，剩下一半。你看见了，大声呵斥我。我再动一动，码上另一半，仍扔下一两根，让你看着不舒服。

可是现在，谁会安排我去干一件事呢。我终日闲闲。半生来我听过谁的半句话。我把谁放在眼里，心存佩服。

父亲，我现在多么想你在身边，喊我的名字，说一句话，让我去门外的小店买一盒火柴，让我快一点。我干不好时你瞪我一眼，甚至骂我一顿。

如今我多么想做你让我做的一件事情，哪怕让我倒杯水。只要你吭一声，递个眼神，我会多么快乐地去做。

父亲，我如今多想听你说一些道理，哪怕是老掉牙的，我会毕恭毕敬倾听，频频点头。你不会给我更新的东西。我需要那些新东西吗？

父亲，我渴求的仅仅是你说过千遍的老话。我需要的仅仅是能够坐在你身旁，听你呼吸，看你抽烟的样子，吸一口，深咽下去，再缓缓吐出。我现在都想不起你是否抽烟，我想你时完全记不起你的样子。不知道你长着怎样一双眼睛，蓄着多长的头发和胡须，你的个子多高，坐着和走路是怎样的架势。还有你的声音，我听了八年，都没记住。我在生活中失去你，又在记忆中把你丢掉。

七

你短暂落脚的地方，无一不成为我长久的生活地。有一年你偶然途经，吃过一顿便饭的沙湾县城，我住了二十年。你和母亲进疆后度过第一个冬天的乌鲁木齐，我又生活了十年。没有谁知道你的名字，在这些地方，当我说出我是你的儿子，没有谁知道。四十年前，在这里拉过一冬天石头的你，像一粒尘土埋在尘土中。

只有在故乡金塔，你的名字还牢牢被人记住。我的堂叔及亲戚们，一提到你至今满口惋惜。他们说你可惜了。一家人打柴放牛供你上学。年纪轻轻做到县中学校长、团委书记。

要是不去新疆，不早早死掉，也该做到县长了。

他们谈到你的活泼性格，能弹会唱，一手好毛笔字。在一个叔叔家，我看到你早年写在两片白布上的家谱，端正有力的小楷。墨迹浓黑，仿佛你刚刚写好离去。

他们听说我是你儿子时，那种眼神，似乎在看多少年前的你。在那里我是你儿子。在我生活的地方你是我父亲。他们因为我而知道你，但你不在人世。我指给别人的是我的后父，他拉扯我们长大成人。他是多么的陌生，永远像一个外人。平常我们一起干活、吃饭，张口闭口叫他父亲。每当清明，我们便会想起另一个父亲，我们准备烧纸、祭食去上坟，他一个人留在家，无所事事。不知道他死后，我们会不会一样惦念他。他的祖坟在另一个村子，相距几十公里，我们不可能把他跟先父埋在一起，他有自己的坟地。到那时，我们会有两处坟地要扫，两个父亲要念记。

八

埋你的时候，我的一个远亲姨父掌事。他给你选了玛纳斯河边的一块高地，把你埋在龙头，前面留出奶奶的位置。他对我们说，后面这块空地是留给我们的。我那时多小，一点不知道死亡的事，不知道自己以后也会死，这块地留给我们干什么。

我的姨父料理丧事时，让我们、让他的儿子们站在一旁，将来他死了，我们会知道怎样埋他。这是做儿子的必须要学会的一件事，就像父母懂得怎样生养你，你要学会怎样为父母送终。在儿子成年后，父母的后事便成了时时要面对的一件事，父母在准备，儿女们也在准备，用好多年、很多个早晨和黄昏，相互厮守，等待一个迟早会来到的时辰，它来了，我们会痛苦，伤心流泪，等待的日子全是幸福。

父亲，你没有让我真正当一次儿子，为你穿寿衣、修容、清洗身体，然后，像抱一个婴儿一样，把你放进被褥一新的寿房。我那时八岁，看见他们把你装进棺材。我甚至不知道死亡是怎么回事。在我的记忆中埋你的墓坑是一个长方的地洞，他们把你放进去，棺材头上摆一碗米饭，插上筷子，我们趴在坑边，跟着母亲大声哭喊，看人们一锨锨把土填进去。我一直认为你从另一个出口走了。他们堵死这边，让你走得更远。多少年来我一直想你会回来，有一天突然推开家门，看见你稍稍长大几岁的儿女，衣衫破旧，看见你清瘦憔悴的妻子，拉扯五个儿女艰难度日。看见只剩下一张遗像的老母亲。你走的时候，会想到我们将活成怎样。我成年以后，还常常想着，有一天我会在一条异乡的路上遇见你，那时你已认不出我，但我一定会认出你，领你回家。一个丢掉又找回来的老父亲，我们需要他的时候他离去了。等我长大，过上富裕日子，他从远方流浪回来，老得走不动路。他给我一个赡养父亲的机会。也给我一个料理死亡的机会。这是父亲应该给儿子的，你没有给我。你早早把死亡给了别人。

九

我将在黑暗中孤独地走下去，没有你引路。四十岁以后的寂寞人生，衰老已经开始，我不知道自己在年老腰疼时，怎样在深夜独自忍受，又在白天若无其事，一样干活说话。在老得没牙时，喝不喜欢的稀粥，把一块肉含在口中，慢慢地嚼。我的身体迟早会老到这一天。到那时，我会怎样面对自己的衰老。父亲，你是我的骨肉亲人，你的每一丝疼痛我都能感知。衰老是一个缓慢到来的过程，也许我会像接受自己长个子、生胡须一样，接受脱发、骨质增生，以及衰老带来的各种病痛。

但是，你忍受过的病痛我一定能坦然忍受。我小时候，有大哥，有母亲和奶奶，引领我长大，也有我单独寂寞的成长。我更需要你教会我怎样衰老和死亡。

如果你在身旁，我会早早知道，自己的腿在多大年龄变老，走不动路。眼睛在哪一年秋天花去。这一年到来时，我会有时间给自己准备老花镜和拐杖。我会在眼睛彻底失明前，记住回家的路和那些常用物件的位置。我会知道你在多大年龄开始为自己准备后事，吩咐你的大儿子，准备一口好棺材，白松木的，两条木凳支起，放在草棚下。着手还外欠的债。把你一生交往的好朋友介绍给儿子，你死后无论我走到哪，遇到什么难事，认识你的人会说，这是你的后人。他们中的某个人，会伸手帮我一把。

可是，没有一个叫父亲的人，白发飘飘，把我向老年引。我不知道老是什么样子。我的腿不把酸痛告诉我。我的腰不把弯曲告诉我。我的皮肤不把皱纹告诉我。我老了我不知道。就像我年少时，不知道自己是一个孩子，我去沙漠砍柴、打土块、背猪草，干大人的活。没人告诉我是个孩子。父亲离开的那一年我们全长大了，从最小的妹妹，到我。你剩给我们的全是大人的日子。我的童年不见了。

直到有一天，我背一大捆柴回家，累了在一户人家墙根歇息，那家的女人问我多大了，我说十三岁。她说，你还是个孩子，就干这么重的活。我羞愧地低下头，看见自己细细的腿和胳膊，露着肋骨的前胸和独自长大的一双脚。你都死去多少年了，我以为自己早长大了，可还小小的，个子不高，没有多少劲。背不动半麻袋粮食。

如果寿命跟遗传有关，在你死亡的年龄，我会做好该做的事。如果我活过了你死亡的年龄，我就再无遗憾。我活得比你更长寿。我的儿女们，会有一个长寿的父亲。他们会比我活得更长久。有一个老父亲在前面引领，他们会活得自在从容。

现在，我在你没活过的年龄，给你说出这些。我说的时候，我能感觉到你在听。我也在听，父亲。

父　亲

　　■■■■■■■　我们家搬进这个院子的第二年，家里的重活开始逐渐
落到我们兄弟几个身上，父亲过早地显出了老相，背稍重点的东西便
显得很吃力，嘴里不时嘟囔一句：我都五十岁的人了，还出这么大
力气。

　　他觉得自己早该闲坐到墙根晒太阳了。

　　母亲却认为他是装的。他看上去那么高大壮实，一只胳膊上的
劲，比我们浑身的劲都大得多。一次他发脾气，一只手一拨，老三就
飞出去三米。我见他发过两次火，都是对着老三、老四。我和大哥不
怎么怕他，时常不听他的话。我们有自己的想法。我们一到这个家，
他便把一切权力交给了母亲。家里买什么不买什么，都是母亲说了
算。他看上去只是个干活的人，和我们一起起早贪黑。每天下地都是
他赶车，坐在辕木上，很少挥鞭子。他嫌我们赶不好，只会用鞭子打
牛，跑起来平路颠路不分。他试着让我赶过几次车。往前走叫

"哒"，往左拐叫"嗷"，往右叫"外"，往后退叫"缩、缩"。我一慌忙就叫反。一次左边有个土疙瘩，应该喊"外"让牛向右拐绕过去。我却喊成"嗷"。牛愣了一下，突然停住，扭头看着我，我一下不好意思，"外、外"了好几声。

我一个人赶车时就没这么紧张。其实根本用不着多操心，牛会自己往好路上走，遇到坑坎它会自己躲过。它知道车轱辘碰到疙瘩陷进坑都是自己多费劲。

我们在黄沙梁使唤老了三头牛。第一头是黑母牛，我们到这个家时它已不小岁数了，走路肉肉的，没一点脾气。父亲说它八岁了。八岁，跟我同岁，还是孩子呢。可牛只有十几岁的寿数，活到这个年龄就得考虑卖还是宰。黑母牛给我印象最深的是那副木讷神情。鞭子抽在身上也没反应。抽急了猛走几步，鞭子一停便慢下来，缓缓悠悠地挪着步子。父亲已经适应了这个慢劲。我们不行，老想快点走到地方，担心去晚了柴被人砍光草被人割光。一见飞奔的马车牛车擦身而过，便禁不住抡起鞭子，"哒、哒"叫喊一阵。可是没用。鞭抽在它身上就像抽在地上一样，只腾起一股白土。黑母牛身上纵纵横横爬满了鞭痕。我们打它时一点都不心疼。似乎我们觉得，它已经不知道疼，再多抽几鞭就像往柴垛上多撂几根柴一样无所谓了。它干得最重的活就是拉柴火，来回几十公里。遇到上坡和难走的路，我们也会帮着拉，肩上套根绳子，身体前倾着，那时牛会格外用力，我们和牛，就像一对兄弟。实在拉不动时，牛便伸长脖子，晃着头，哞哞地叫几声，那神情就像父亲背一麻袋重东西，边喘着气边埋怨：我都快五十岁的人了，还出这么大力气。

　　一年后，我才能勉强地叫出父亲。父亲一生气就嘟囔个不停。我们经常惹他生气。他说东，我们朝西。有一段时间我们故意和他对着干，他生了气跟母亲嘟囔，母亲因此也生气。在这个院子里我们有过一段很不愉快的日子。后来我们渐渐长大懂事，父亲也渐渐地老了。

　　我一直觉得我不太了解父亲，对这个和我们生活在一起叫他父亲的男人有种难言的陌生。他会说书，讲故事，在那些冬天的长夜里，我们围着他听。母亲在油灯旁纳鞋底。我们围坐在昏暗处，听着那些陌生的故事，感觉很远处的天，一片一片地亮了。我不知道父亲在这个家里过得快不快乐，幸福不幸福。他把我们一家人接进这个院子后悔吗？现在他和母亲还有我最小的妹妹妹夫一起住在沙湾县城。早几年他喜欢抽烟，吃晚饭时喝两盅酒。他从不多喝，再热闹的酒桌上也是喝两盅便早早离开。我去看他时，常带点烟和酒。他打开烟盒，自己叼一根，又递给我一根烟——许多年前他第一次递给我烟时也是这个动作，手臂半曲着，伸一下又缩一下，脸上堆着不自然的笑，我不知所措。现在他已经戒烟，酒也喝得更少了。我不知道该给他带去些什么。每次回去我都在他身边，默默地坐一会儿。依旧没什么要说的话。他偶尔问一句我的生活工作，就像许多年前我拉柴回到家，他问一句"牛拴好了吗？"我答一句。又是长时间的沉默。

寒风吹彻

　　雪落在那些年雪落过的地方，我已经不注意它们了。比落雪更重要的事情开始降临到生活中。三十岁的我，似乎对这个冬天的来临漠不关心，却又一直在倾听落雪的声音，期待着又一场雪悄无声息地覆盖村庄和田野。

　　我静坐在屋子里，火炉上烤着几片馍馍，一小碟咸菜放在炉旁的木凳上，屋里光线暗淡。许久以后我还记起我在这样的一个雪天，围抱火炉，吃咸菜啃馍馍想着一些人和事情，想得深远而入神。柴火在炉中啪啪地燃烧着，炉火通红，我的手和脸都烤得发烫了，脊背却依旧凉飕飕的。寒风正从我看不见的一道门缝吹进来。冬天又一次来到村里，来到我的家。我把怕冻的东西一一搬进屋子，糊好窗户，挂上去年冬天的棉门帘，寒风还是进来了。它比我更熟悉墙上的每一道细微裂缝。

　　就在前一天，我似乎已经预感到大雪来临。我劈好足够烧半个月的柴火，整齐地码在窗台下。把院子扫得干干净净，无意中像在迎接一位久违的贵宾——把生活中的一些事情扫到一边，腾出干净的一片地方来让雪落下。下午我还走出村子，到田野里转了一圈。我没顾上割回来的一地葵花秆，将在大雪中站一个冬天。每年下雪之前，都会发现有一两件顾不上干完的事而被搁一个冬天。冬天，有多少人放下一年的事情，像我一样用自己那只冰手，从头到尾地抚摸自己的一生。

屋子里更暗了，我看不见雪。但我知道雪在落，漫天地落。落在房顶和柴垛上，落在扫干净的院子里，落在远远近近的路上。我要等雪落定了再出去。我再不像以往，每逢第一场雪，都会怀着莫名的兴奋，站在屋檐下观看好一阵，或光着头钻进大雪中，好像有意要让雪知道世上有我这样一个人，却不知道寒冷早已盯住了自己活蹦乱跳的年轻生命。

经过许多个冬天之后，我才渐渐明白自己再躲不过雪，无论我蜷缩在屋子里，还是远在冬天的另一个地方，纷纷扬扬的雪，都会落在我正经历的一段岁月里。当一个人的岁月像荒野一样敞开时，他便再无法照管好自己。

就像现在，我紧围着火炉，努力想烤热自己。我的一根骨头，却露在屋外的寒风中，隐隐作痛。那是我多年前冻坏的一根骨头，我再不能像捡一根牛骨头一样，把它捡回到火炉旁烤热。它永远地冻坏在那段天亮前的雪路上了。

那个冬天我十四岁，赶着牛车去沙漠里拉柴火。那时一村人都靠长在沙漠里的梭梭柴取暖过冬。因为不断砍挖，有柴火的地方越来越远。往往要用一天半夜时间才能拉回一车柴火。每次去拉柴火，都是母亲半夜起来做好饭，装好水和馍馍，然后叫醒我。有时父亲也会起来帮我套好车。我对寒冷的认识是从那些夜晚开始的。

牛车一走出村子，寒冷便从四面八方拥围而来，把我从家里带出的那点温暖搜刮得一干二净，浑身上下只剩下寒冷。

那个夜晚并不比其他夜晚更冷。

只是我一个人赶着牛车进沙漠。以往牛车一出村，就会听到远远近近的雪路上其他牛车的走动声，赶车人隐约的吆喝声。只要紧赶一阵路，便会追上一辆、或好几辆去拉柴的牛车，一长串，缓行在铅灰色的冬夜里。那种夜晚天再冷也不觉得。因为寒风在吹好几个人，同村的、邻村的、认识和不认识的好几架牛车在这条夜路上抵挡着寒冷。

而这次，一野的寒风吹着我一个人。似乎寒冷把其他一切都收拾掉了。现在全部地对付我。

我掖紧羊皮大衣，一动不动趴在牛车里，不敢大声吆喝牛，免得让更多的寒冷发现我。从那个夜晚我懂得了隐藏温暖——在凛冽的寒风中，身体中那点温暖正一步步退守到一个隐秘的连我自己都难以找到的深远处——我把这点深隐的温暖节俭地用于此后多年的爱情和生活。我的亲人们说我是个很冷的人，不是的，我把仅有的温暖全给了你们。

许多年后有一股寒风，从我自以为火热温暖的从未被寒冷浸入的内心深处阵阵袭来时，我才发现穿再厚的棉衣也没用了。生命本身有一个冬天，它已经来临。

　　天亮后，牛车终于到达有柴火的地方。我的一条腿却被冻僵了，失去了感觉。我试探着用另一条腿跳下车，拄着一根柴火棒活动了一阵，又点了一堆火烤了一会儿，勉强可以行走了，腿上的一块骨头却生疼起来，是我从未体验过的一种疼，像一根根针刺在骨头上又狠命往骨髓里钻——这种疼感一直延续到以后所有的冬天以及夏季里阴冷的日子。

　　太阳落地时，我装着半车柴火回到家里，父亲一见就问我：怎么拉了这点柴，不够两天烧的。我没吭声，也没向家里说腿冻坏的事。

　　我想很快会暖和过来。

　　那个冬天要是稍短些，家里的火炉要是稍旺些，我要是稍把这条腿当回事，或许我能暖和过来。可是现在不行了。隔着多少个季节，今夜的我，围抱火炉，再也暖不热那个遥远冬天的我，那个在上学路上不慎掉进冰窟窿，浑身是冰往回跑的我，那个跺着冻僵的双脚，捂着耳朵在一扇门外焦急等待的我……我再不能把他们唤回到这个温暖的火炉旁。我准备了许多柴火，是准备给这个冬天的。我才三十岁，肯定能走过冬天。

　　但在我周围，肯定有个别人不能像我一样度过冬天。他们被留住了。冬天总是一年一年地弄冷一个人，先是一条腿、一块骨头、一副表情、一种心境……而后整个人生。

　　我曾在一个寒冷的早晨，把一个浑身结满冰霜的路人让进屋子，给他倒了一杯热茶。那是个上了年纪的人，身上带着许多个冬天的寒冷，当他坐在我的火炉旁时，炉火须臾间变得苍白。我没有问他的名字，在火炉的另一边，我感觉到迎面逼来的一个老人的透骨寒气。

他一句话不说。我想他的话肯定全冻硬了，得过一阵才能化开。

大约坐了半个时辰，他站起来，朝我点了一下头，开门走了。我以为他暖和过来了。

第二天下午，听人说村西边冻死了一个人。我跑过去，看见这个上了年纪的人躺在路边，半边脸埋在雪中。

我第一次看到一个人被冻死。

我不敢相信他已经死了。他的生命中肯定还深藏着一点温暖，只是我们看不见。一个人最后的微弱挣扎我们看不见，呼唤和呻吟我们听不见。

我们认为他死了，彻底地冻僵了。

他的身上怎么能留住一点点温暖呢。靠什么去留住。他的烂了几个洞、棉花露在外面的旧棉衣？底快磨通、一边帮已经脱落的那双鞋？还有，他多少个冬天积累起来的彻骨寒冷。

落在一个人一生中的雪，我们不能全部看见。每个人都在自己的生命中，孤独地过冬。我们帮不了谁。我的一小炉火，对这个贫寒一生的人来说，显然微不足道。他的寒冷太巨大。

我有一个姑妈，住在河那边的村庄里，许多年前的那些个冬天，我们兄弟几个常走过封冻的玛河去看望她。每次临别前，姑妈总要说一句："天热了让你妈过来喧喧。"

姑妈年老多病，她总担心自己过不了冬天。天一冷她便足不出户，偎在一间矮土屋里，抱着火炉，等待春天来临。

　　一个人老的时候，是那么渴望春天来临。尽管春天来了她没有一片要抽芽的叶子，没有半瓣要开放的花朵。春天只是来到大地上，来到别人的生命中。但她还是渴望春天，她害怕寒冷。

　　我一直没有忘记姑妈的这句话，也不止一次地把它转告给母亲。母亲只是望望我，又忙着做她的活。母亲不是一个人在过冬，她有五六个没长大的孩子，她要拉扯着他们度过冬天，不让一个孩子受冷。她和姑妈一样期盼着春天。

　　天热了，母亲会带着我们，趟过河，到对岸的村子里看望姑妈。姑妈也会走出蜗居一冬的土屋，在院子里晒着暖暖的太阳和我们说说笑笑……多少年过去了，我们一直没有等到这个春天。好像姑妈那句话中的"天"一直没有热。

　　姑妈死在几年后的一个冬天。我回家过年，记得是大年初四，我陪着母亲沿一条即将解冻的马路往回走。母亲在那段路上告诉我姑妈去世的事。她说："你姑妈死掉了。"

　　母亲说得那么平淡，像在说一件跟死亡无关的事情。

　　"怎么死的？"我似乎问得更平淡。

　　母亲没有直接回答我。她只是说："你大哥和你弟弟过去帮助料理了后事。"

　　此后的好一阵，我们再没说话，只顾静静地走路。快到家门口时，母亲说了句：天热了。

　　我抬头看了看母亲，她的身上散着热气，或许是走路的缘故，不过天气真的转热了。对母亲来说，这个冬天已经过去了。

"天热了过来喧喧。"我又想起姑妈的这句话。这个春天再不属于姑妈了。她熬过了许多个冬天还是被这个冬天留住了。我想起爷爷奶奶也是分别死在几年前的冬天。母亲还活着。我们在世上的亲人会越来越少。我告诉自己，不管天冷天热，我都常过来和母亲坐坐。

母亲拉扯大她的七个儿女。她老了。我们长高长大的七个儿女，或许能为母亲挡住一丝的寒冷。每当儿女们回到家里，母亲都会特别高兴，家里也顿添热闹的气氛。

但母亲斑白的双鬓分明让我感到她一个人的冬天已经来临，那些雪开始不退、冰霜开始不融化——无论春天来了，还是儿女们的孝心和温暖备至。

随着三十年的人生距离，我感受着母亲独自在冬天的透心寒冷。我无能为力。

雪越下越大。天彻底黑透了。

我围抱着火炉，烤热漫长一生的一个时刻。我知道这一时刻之外，我其余的岁月，我的亲人们的岁月，远在屋外的大雪中，被寒风吹彻。

远远的敲门声

一

　　我时常怀想起这样一个场景：我从屋里出来，穿过杂草拥围的沙石小路，走向院门……我好像去给一个人开门，我不知道来找我的人是谁。敲门声传到屋里，有种很远的感觉。我一下就听出是我的院门发出的声音——它不同于村里任何一扇门的声音——手在不规则的门板上的敲击声夹杂着门框松动的哐啷声。我时常在似睡非睡间，看见自己走在屋门和院门之间的那段路上。透过木板门的缝隙，隐约看见一个晃动的人影。有时敲门人等急了，会扯嗓子喊一声。我答应着，加快步子。有时来人在外面跳个蹦子，我便看见一个认识或不认识的人头猛然蹿过墙头又落下去，我紧走几步。但在多少次的回想中，我从没有走到院门口，而是一直在屋门和院门间的那段路上。

　　我不理解自己为什么牢牢记住了这个场景，每当想起它，都会有种依依不舍，说不出滋味的感觉。后来，有事无事，我都喜欢让这个情节浮现在脑海里，我知道这种回味对我来说已经是一种享受。

我从屋门出来，走向院门……两道门之间的这段距离，是我一直不愿走完，在心中一直没让它走完的一段路程。

多少年后我才想明白：这是一段家里的路。它不同于我以后走在世界任何一个地方。我趿拉着鞋、斜披着衣服，或许刚从午睡中醒来，迷迷糊糊，听到敲门声，屋门和院门间有一段距离，我得走一阵子才能过去。在很长一段年月中，我拥有这样的两道门。我从一道门出来，走向另一道门——用一根歪木棍牢牢顶住的院门。我要去打开它，看看是谁，为什么事来找我。我走得轻松自在，不像是赶路，只是在家园里的一次散步。一出院门，就是外面了。马路一直在院门外的荒野上横躺着，多少年后，我就是从这道门出去，踏上满是蹚土的马路，变成一个四处奔波的路人。

二

那是我离开父母独立生活的第四个年头。我在一个城郊乡农机站当管理员。一切都没有理出头绪，我正处在一生中最散乱的时期。整天犹犹豫豫，不知道自己该干什么，能干成什么。诗也写得没多大起色，虽然出了一本小诗集，但我远没有找到自己。我想，还是先结婚吧。婚是迟早要结的，况且是人生中数得过来的几件大事之一，办完一件少一件。

现在我依然认为这个选择是多么正确。当时若有一件更大更重要的事把结婚这件事耽搁了，那我的这辈子可就逊色多了。我可能正生活在别的地方，干着截然不同的事，和另一个女人生儿育女，过着难以想象的日子。那将是多大的错误。

我这一生干得最成功的一件事，是娶了我现在的妻子。她是这一带最好最美的女子，幸亏我早下手，早早娶到了她。不然，像我这样的人哪配有这种福分。尤其当我老了之后，坐在依然温柔美丽的妻子身旁，回想几十年来那些平常温馨的日日夜夜，这是我沧桑一生的唯一安慰。我没有扔掉生活，没有扔掉爱。

那时正是为了结婚，为了以后的这一切，我开始了一生中第一件大工程：盖房子。

三

妻子在县城一家银行工作，我想把房子盖得离她近一些。

我找到了城郊村的村长阿不拉江，他是我的朋友，我给他送了一只羊，他非常够朋友地指给我村庄最后面的一块地方。

那是一个淤满细沙的沟，有一小股水从沟底流到村后的田野里。我坐在沟沿上犹豫了半天，最后还是决定动手吧。

我从邻村叫来了一辆推土机，用了整整一天时间把沟填平。那时我管着这一带拖拉机的油料供应，驾驶员们都愿意帮我的忙。

砌房基的时候，过来一个放羊老汉。他告诉我，这条沟是个老河床，不能在上面盖房子。我问为啥，他说河水迟早还要来，你不能把水道堵了。我问他河水多久没走这个道了。他说已经几十年了。我说，那它再不会走这个道了。水早从别处走了，它把这个道忘了。

放羊老汉没再跟我说下去，他的一群羊已走得很远了，望过去羊群在朝一个方向流动，缓缓地，像有意放慢着流逝的速度，却已经到了远处。

这个跟着羊群走了几十年的老汉，对水也一定有他超乎常人的见解。可惜他追羊群去了。

我还是没敢轻视老汉的话，及时地挖了一个小渠，把沟底的那股水引过去。我看着水很不情愿地从新改的渠道往前流，流了半个小时，才绕过我的宅基地，回到房后的老渠道里。水一进老渠道，一下子流得畅快了。

我让水走了一段弯路，水会不会因此迟到呢。

水流在世上，也许根本没有目的。尤其这些小渠沟里的水，我随便挖两锹就能把它引到别处去。遇到房子这样的大东西，水只能绕着走。我不知道时间是怎样流过村庄的。它肯定不会像水一样、路一样绕过一幢幢房子一个个人。时间是漫过去的。我一直想问问那个放羊人，他看到时间了吗。在时间的河床上我能不能盖一间房子。

但在这条旧河床上我盖起了一院新房子。我在这个院子里成了家，有了一个女儿，我们一起度过了多年的幸福安逸生活。

四

第一次听到敲门声，是在房子盖好后第二年的夏天，我刚安上院门不久。

我的房子后面有一个大坑，是奠房基时挖的，有一人多深，坑底长着枯黄的杂草。我常下到坑里方便，有几次被过路人看见，让我很不心安。我想，要是坑里的草长高长密些，我蹲进去就不会担心了。在一个下午，我挖了一截渠，把小渠沟的水引到坑里。这个大坑好像没有底似的，水淌进去冒个泡就不见了。我也没耐心等，第二天也没去管它。到了第三天中午，我正收拾菜地，院门响了，我愣了一下。院门又响了起来，比上次更急。我慌忙扔下活走过去，移开顶门棍，见一个扛锨的人气冲冲地站在门口。

"是你把水放到坑里的？"

我点了点头。

"我的十几亩地全靠这点水浇灌，你却把它放到坑里泡石头，你不想让我活命了是不是？"

他越说越激动，那架势像要跟我打架。我害怕他肩上的铁锨，赶紧笑着把他让进院子，摘了两根黄瓜递给他，解释说："我以为水是闲流着呢。水在房子边上流了几年都没见人管过。"

"哪有闲流的水啊。"他的语气缓和多了。

"老早以前那水才叫闲流呢，那时你住的这个房子下面就是一条河，一年四季水白白地流，连头都不回。后来，来了许多人在河边开荒种地，建起了一个又一个村子。可是，地没种多少年，河水没了。水不知流到哪去了，把这一带的土地都晾干了。"

他边说边巡视我的院子，好像我把那一河水藏起来了。

"那你觉得，河水还会不会再来？"我想起那个放羊老汉的话，随便问了一句。

他一撇嘴："你说笑话呢。"

我一直没有顺着这条小渠走到头，去看看这个人种的地。不知道他收的粮够不够一家人吃。春天的某个早晨我抬起头，发现屋后的那片田野又绿了。秋天的某个下午它变黄了。我只是看两眼而已。我很少出门。从那以后来找我的人逐渐多起来，敲门声往往是和缓轻柔的。我再不像第一次听到自己的门被人敲响时那样慌忙。我在一阵阵的敲门声中平静下来。有时院门一天没人敲，我会觉得清寂。

我似乎在这里等待什么。盖好房子住下来等，娶妻生女一块儿等，却又不知等待的到底是什么。

门响了，我走过去，打开门，不是。是一个邻居，来借东西。

门又响了。……还不是。是个问路的人，他打问一个我不知道的地方。我摇摇头。过了一会儿，邻居家的门响了。

其实那段岁月里我等来了一生中最重的东西。只是我自己浑然不知。

——我的女儿一天天长大，变得懂事而可爱。妻子完全适应了跟我在一起的生活，她接受了我的闲散、懒惰和寡言。我开始了我的那些村庄诗的写作。我最重要的诗篇都是在这个院子里完成的。

有一首题为《一个夜晚》的小诗，记录了发生在这个院子里一个夜晚的平凡事件。

你和孩子都睡着了

妻　这个夜里

我听见我们的旧院门

被风刮开

外面很不安静

我们的老黄狗

在远远的路上叫了两声

我从你身旁爬起来

去关那扇院门

我们的院子

有一辆摔破的老马车

和一些去年的干草

矮矮的土院墙围在四周

每天进来出去

我们都要把院门关好

用一根歪木棍牢牢顶住

我们一直活得小心翼翼

没有更多东西

放在院子

妻　这个夜里

若你一个人醒来

听见外面很粗很粗的风声

那一定是我们的旧院门

挡住了什么

风在夜里刮得很费劲

这种夜晚你不要一个人睡醒

第二天早晨我们一块儿出去

看刮得干干净净的院子

几片很远处的树叶

落到窗台上

你和女儿高兴地去捡

许多年后，我重读这首诗的时候，我被感动了。这个平凡的小事件在我心中变得那么重大而永恒。读着这首诗，曾经的那段生活又完整地回来了。

五

那是一个冬天的早晨，我打开屋门，看见院内积雪盈尺，院门大敞着。一夜的大风雪已经停歇，雪从敞开的大门涌进来，在墙根积了厚厚一堆。一行动物的脚印清晰地留在院子里。看得出，它是在雪停之后进来的，像个闲散的观光者，在院子里转了一圈，还在墙角处撕吃了几口草，礼节性地留下几枚铜钱大的黑色粪蛋儿，权当草钱。我追踪到院门外，看见这行蹄印斜穿过马路那边的田野，一直消失在地尽头。这是多么遥远的一位来客，它或许在风雪中走了一夜，想找个地方休息。它巡视了我的大院子，好像不太满意，或许觉得不安全，怕打扰我的生活。它不知道我是个好人，只要留下来，它的下半生便会像我一样悠闲安逸，不再东奔西跑了。我会像对我的鸡、牛和狗一样对待它的。

可是它走了，永远不会再走进这个院子。我像失去了一件自己未曾留意的东西，怅然地站了好一阵。

　　另外一个夜晚，我忘了关大门。早晨起来，院子里少了一根木头。这根木头是我从一个赶车人手里买来的，当时也没啥用处，觉着喜欢就买下了。我想好木头迟早总会派上好用处。

　　我走出院门看了看，大清早的，路上没几个人。地上的脚印也看不太清。我爬上屋顶，把整个村子观察了一遍，发现村南边有一户人正在盖房子，墙已经砌好了，几个人站在墙头上吆喝着上大梁。

　　我从房顶下来，背着手慢悠悠地走过去，没到跟前便一眼认出我的那根木头，它平展展地横在房顶上，因为太长，还被锯掉了一个小头。我看了一眼站在墙头上的几个人，全是本村的，认识。他们见我来了都停住活，呆呆地立在墙上。我也不理他们，两眼直直地盯住我的木头，一声不吭。

　　过了几分钟，房主人———一个叫胡木的干瘦老头勾着腰走到我跟前。

　　"大兄弟，你看，缺根大梁，一时急用买不上，大清早见你院子里扔着一根，就拿来用了，本打算等你睡醒了去给你送钱，这不……"说着递上几张钱来。我没接，也没吭声，一扭头原背着手慢悠悠地回来了。

　　快中午时，我正在屋子里想事情，院门响了，敲得很轻，听上去远远的。我披了件衣服，不慌不忙地走过去，移开顶门的木棒。胡木家的两个儿子扛着根大木头直端端进了院子。把木头放到墙根，而后走到我跟前，齐齐地鞠了一躬，啥都没说就走了。

　　我过去看了看，这根木头比我的那根还粗些，木质也不错。我用草把它盖住，以防雨淋日晒。后来有几个人看上了这根木头，想买去做大梁，都被我拒绝了。我想留下自己用，却一直没派上用场，这根木头就这样在墙根躺了许多年，最后朽掉了。

我离开那个院子时，还特意过去踢了它一脚。我想最好能用它换几个钱。我不相信一根好木头就这样完蛋了。我躬下身把木头翻了个个儿，结果发现下面朽得更厉害，恐怕当柴火都烧不出烟火了。

这时，我又想起了被那户人家扛去做了大梁的那根木头，它现在怎么样了呢。

一根木头咋整都是几十年的光景，几十年一过，可能谁都好不到哪去。

我当时竟没想通这个道理。我有点可惜自己，不愿像那根木头一样朽在这个院子里。我离开了家。再后来，我就到了一个乌烟瘴气的城市里。我常常坐在阁楼里怀想那个院子，想从屋门到院门间的那段路。想那个红红绿绿的小菜园。那棵我看着它长大的沙枣树……我时常咳嗽，一到阴天就腿疼。这时我便后悔自己不该离开那个院子满世界乱跑，把腿早早地跑坏。我本来可以自然安逸地在那个院子里老去。错在我自视太高，总觉得自己是块材料，结果给用成这个样子。

现在我哪都去不了了，唯一的事情就是修理自己，像修理一架坏掉的老机器，这儿修好了，那儿又不行了。生活把一个人用坏便扔到一边不管了，剩下的都是你自己的事了。

我也像城市人一样，在楼房门外加一道防盗门，两门间仅一拳的距离，有人找我，往往不敲外边的铁制防盗门，而是把手伸进来，直接敲里面的木门。我一开门就看见楼梯，一迈步就到外面了。

生活已彻底攻破了我的第一道门，一切东西都逼到了跟前。现在，我只有躲在唯一的一道门后面。

谁的影子

　　那时候，喜欢在秋天的下午捉蜻蜓，蜻蜓一动不动爬在向西的土墙上，也不知哪来那么多蜻蜓，一个夏天似乎只见过有数的几只，单单地，在草丛和庄稼地里飞，一转眼便飞得不见。或许秋天人们将田野里的庄稼收完草割光，蜻蜓没地方落了，都落到村子里。一到下午几乎家家户户每一堵朝西的墙壁上都爬满了蜻蜓，夕阳照着它们透明的薄翼和花丝各异的细长尾巴。顺着墙根悄悄溜过去，用手一按，就捉住一只。捉住了也不怎么挣扎，一只捉走了，其他的照旧静静爬着。如果够得着，搭个梯子，把一墙的蜻蜓捉光，也没一只飞走的。好像蜻蜓对此时此刻的阳光迷恋至极，生怕一拍翅，那点暖暖的光阴就会飞逝。蜻蜓飞来飞去最终飞到夕阳里的一堵土墙上。人东奔西簸最后也奔波到暮年黄昏的一截残墙根。

　　捉蜻蜓只是孩子们的游戏，长大长老的那些人，坐在墙根聊天或打盹，蜻蜓爬满头顶的墙壁，爬在黄旧的帽檐上，像一件精心的刺绣。人偶尔抬头看几眼，接着打盹或聊天，连落在鼻尖上的蚊子，也懒得拍赶。仿佛夕阳已短暂到无法将一个动作做完，一口气吸完。人、蜻蜓和蚊虫，在即将消失的同一缕残阳里，已无从顾及。

也是一样的黄昏，从西边田野上走来一个人，个子高高的，扛着锨，走路一摇一晃。他的脊背爬满晒太阳的蜻蜓，他不知觉。他的衣裳和帽子，都被太阳晒黄。他的后脑勺晒得有些发烫。他正从西边一个大斜坡上下来，影子在他前面，长长的，已经伸进家。他的妻子在院子里，做好了饭，看见丈夫的影子从敞开的大门伸进来，先是一个头——戴帽子的头。接着是脖子，弯起的一只胳膊和横在肩上的一把锨。她喊孩子打洗脸水："你爸的影子已经进屋了。快准备吃饭了。"

孩子打好水，脸盆放在地上，跑到院门口，看见父亲还在远处的田野里走着，独独的一个人，一摇一晃的。他的影子像一渠水，悠长地朝家里流淌着。

那是谁的父亲。

谁的母亲在那个门朝西开的院子里，做好了饭。谁站在门口朝外看。谁看见了他们……他停住，像风中的一片叶子停住、尘埃中的一粒土停住，茫然地停住——他认出那个院子了，认出那条影子尽头扛锨归来的人，认出挨个摆在锅台上的八只空碗，碗沿的豁口和细纹，认出铁锅里已经煮熟冒出香味的晚饭，认出靠墙坐着抽烟的大哥，往墙边抬一根木头的三弟、四弟，把木桌擦净一双一双总共摆上八双筷子的大妹梅子，一只手拉着母亲后襟嚷着吃饭的小妹燕子……

他感激地停留住。

老皇渠村的地窝子

地窝子门口长着五棵大榆树，两棵向西歪，一棵朝北斜着身子，另两棵弯向东边的大马路。夏天常有过路人走到这儿停下来，在路上的阴凉处歇脚。不时望一眼我们的房子。我们坐在西歪的两棵树荫里，也看着路上的人。

日子久了我们便认下这一路人。叫不上名字，不知道他们到哪去，要走多远，却记住了模样。知道他们走过去还会回来。也有不回来的，时间一长被我们忘记。

即使早春和冬天，不需要乘凉，也有人走到这儿停住，放下包裹，蹲在地上缓几口气。似乎这几棵树下的气比别处多似的。

父亲不在的那年夏天，一个中午，路上走来一个瞎子。老远我们看见了，背个包袱，头昂得高高，手里的木棍左一下右一下探着路。母亲和大哥拾柴火去了。奶奶、我、三弟四弟守在家里。小妹刚一岁，抱在奶奶怀里。大中午地窝子里又潮又热，我们只好在榆树下坐着，打一会儿盹，睁眼望一阵远处。

奶奶说，你父亲没打算在这个村里住下去。村子中间有空地方，你父亲不进去。他把地窝子挖在路边，就是想走的时候方便，一抬脚就到路上了。

在甘肃金塔时我们住在城中间，夜里偷着往外跑，一家人背着能带上的家当，偷偷摸摸地走过一条街，又穿过几条黑巷子，才到了车站。

那个小镇的人快跑光了。奶奶说，每天早晨起来都会少几户人。门大锁着，院子空空的。没粮吃，人都慌了，扔下几辈人建起来的家业往外跑。我们家在金塔时有一大院房子，都数不清有多少间。我不想出来，你父亲非要来新疆，没想到把命丢在了这里。

奶奶说着说着就流泪，眼睛不由自主转向河湾荒草间的一堆新土，那是父亲的坟。本来村里死人都埋在西边的碱梁滩。我们在老皇渠村就外爷外奶一家亲戚。母亲请不来更多的人抬棺材。碱梁滩太远。好不容易请来的几个人磨磨蹭蹭，都不愿朝西边去。后来就选了对着我们家门的河湾里简单地埋了。

当时那片河湾只父亲孤零零一座坟，过了一年半旁边多了奶奶的一座坟。又过许多年(20年或22年)，又添了姑妈的坟。那时这片河湾已变成大块墓地。曾经和我们、我父亲、奶奶一起在老皇渠村生活过的那一茬人，大部分都埋在了这里。坟地离村子已经很近，似乎死的人突然多起来，人们已懒得将他们埋到远处。

那个瞎子已走到树底下。不知他怎么摸见路的，似乎手中那根木棍头上长着眼睛。快走过树荫了，他突然停住，朝天望了望，两只眼睛瓷实实的。他好像觉到了阴凉，手中的木棍朝东边敲打了几下，愣了一会儿，又突然转身朝西边敲打过来。

我们被他的举动吓坏了，全偎在奶奶身旁，一声不敢吭。路上再没人，村子里也看不见人，只有一个瞎子敲打着木棍朝我们一点点走近。他敲到那棵树干了，用一只手摸了摸树皮，又前走了几步。我们害怕得心都要跳出来。他再走几步，那根木棍就敲到我们的腿了。这时他却停住了，耳朵对着村子那边细听了一会儿，大概听见村子里的狗叫声了，他稍微转了下身，朝着村子那边敲打去了。

后来我们知道这个瞎子是村里一户姓魏人家的老父亲。这户人家从口内逃荒来新疆时，把瞎子父亲扔在了家里。后来不知瞎子从哪得到这个地址，背一个包袱，拿一根木棍便上路了。从口内坐火车到新疆省城，又坐汽车到县城，从县城坐马车到乡上，然后步行，一路打问着，用耳朵辨认方向，听着这片荒野上稀疏的狗吠人声，找到一个村子又一个村子，最后来到老皇渠。

他没听见我们家的一丝声息。他几乎从我们脚边走过去。在老皇渠村我们是声音最小的一户人家。只有两次——一次是父亲死了，一次奶奶去世，我们的哭喊声惊动村子。那以后我们度过了愈加悄寂的一段日子，直到一年春天，后父赶来马车，在那个早晨的狗吠声里扒掉房盖，装上不多的几根烂木头和破旧家什离开这个村子。

经常有树根顶破墙壁伸进地窝子。春天墙上一层白毛根。那些细小根须一不小心伸进我们的屋子，几天就长到一拃长。父亲说挖地窝子时砍断了好多树根。一支根有人的大腿粗，是中间那棵歪榆树的，砍它时那棵树不住地抖。

"抖下来许多叶子。"父亲说。

应该是上个秋天的叶子。父亲挖地窝子是在开春，榆钱才刚吐蕾呢。每年秋天树上都有一些不愿落地的叶子，片片地缀在枝头。秋雨中飘零一些，冬天刮寒风时雪地上坠落几片儿。其余的一直坚守到来年的新叶长出。

一棵树上总有几片老叶子看见下年的新叶子。早先每到春天就听奶奶说这句话。我以为她没事了说废话呢。谁朝春天的榆树上望几眼都能说出比这更有意思的一句话来。

后来我知道奶奶在说我们家斜对过的徐老太太。她们家是村里的老户，一排十几间房子，有钱有势。徐老太太比奶奶还显年轻些，已经抱上玄孙子。奶奶那时已下不了炕，她知道自己熬不到我们长大成人，看不到我们娶妻生子。

那个根又在动了。奶奶说这句话时又是一年春天了。前一年春天她便说过一次。

奶奶说的是从炕底下穿过来的那条粗树根。它一往前伸地上宣起一层虚土。另一条粗树根贴着南边墙壁向西伸去。那片墙上也常往下掉土。

粗树根是我们家地上唯一的一片硬地皮，劈柴砸东西都垫在粗树根上。一砸到树根外面的榆树便震动，树上鸟会惊飞起来，有时震落几片叶子。刮大风时屋里的粗树根也会动。它似乎在用劲。耳朵贴上去能听见刮过整棵大树的呜呜风声。

在老皇渠村的那几年，我们似乎生活在地底下。半夜很静时，地上的脚步声停息，能听见土里有一些东西在动。辨不清是树根在往前伸，还是虫子在地下说话。一只老鼠打洞，有一次打到地窝子里。那个洞在半墙上。我们一觉醒来，墙上多了拳头大一个窟窿。地上没土，我们知道是从外面挖进来的。也许老鼠在地下听到了我们的说话声，便朝这边挖掘过来，老鼠知道有人处便有粮食。或许老鼠想建一个粮仓，洞挖得更深更隐秘些，没想到和我们的地窝子打通了。

一到深夜地下的声音便窸窸窣窣，似有似无。尤其半夜里一个人突然觉醒，那些响动无声地压盖过来，像是自己脑子里的声音，又像在土里。那些挖洞的小虫子，小心翼翼，刨一阵土停下来听听动静。这块土地里许多动物在挖洞，小虫子会在地下很灵敏地避开大虫子。大虫子会避开更大的虫子。我们家是这块地下最大的虫子，我们的说话声、哭喊声、锅碗水桶的碰敲声，或许使许多挖向这里的洞穴改变了方向，也使一些总爱与人共居的小生命闻声找到了这里。

除了刮风时树根的响动，我们没听到有什么更大的声音从地下传来。地上的事情一件接一件冲击着我们家。父亲死了。隔两年奶奶也死了。我们像一窝老鼠一样藏在这个村庄的地下，偶尔探头望望，出来晒会儿太阳。村里一阵接一阵地嘈闹着。那些年大地上发生的所有事情都在这个村子发生了：武斗、闹派性、一个又一个的运动。父亲死后我们的生活大部分在地窝子里。我们开始害怕这个村子。土块在空中乱飞。眼睛发红的狗四处游走，盯着人脸上的肉、腿上的肉。一忽儿一群扛铁叉的人喊叫着跑过去，一忽儿一群骑马人挥舞镰刀冲过来。隔一阵响起一片哭声，说是又死人了。树上很少的枝和叶子。

树都没头。鸟惊叫着飞出村子。有时一条狗从屋顶跑过，有时一个人跑过。我们蹲在底下，看屋顶簌簌落土，椽子嘎巴巴响。

下雨时雨水从门口灌进地窝子。门口外打过一道防雨埂子，雨水还是灌进来。尤其一夜大雨，早晨地下全是水，鞋子和脸盆漂在上面。小木凳漂在上面。雨后第一件事是往外端水，一脸盆一脸盆地端。柴火泡湿了，生不了火。炕上毡子被子都湿湿的。

冬天每一场大雪后，门都会堵死。只有从天窗出去，铲开堆在门道口的厚厚积雪，才能打开门。钻天窗是我的本事。先捣开天窗盖，我站到大哥肩上，大哥站到小木凳上。天窗口的积雪一尺多厚，先用手把雪拨开。雪落到大哥脖子里，他就喊，身子使劲晃动。我赶紧一纵身，爬到屋顶。

我们在那几棵大榆树的根下生活了八九年，听到了树的全部声音。树根也听到了我们家的所有声音。它会不会为我们保密。我们可从没向谁说过一棵树的事。尽管我知道树的许多秘密。现在，那些大树一棵都没有时，我才一棵一棵地，讲出那些树的故事。

树在风中哗哗响的时候，我会怀疑是那棵榆树在把我们家的事告诉另一棵树，另一棵又传给另一棵，一时天地间哗哗响彻的，或许是我们一家人的一件细碎小事。

那五棵榆树在我们离开老皇渠村的前一年秋天，被砍掉了两棵。是弯向马路的那两棵。树不是我们家的，我们不敢说什么，我们在这安家时树已经长得很大。

母亲还是上前阻止。他们要全砍掉，搭集体的牛圈棚。母亲说，给我们留下两棵吧，我们啥都没有了，留棵树给我的孩子们乘阴凉吧。

他们先砍倒了两棵。来了好多人。砍树的声音把半村子人都招来了。母亲抱着一棵树流着眼泪。砍倒的两棵大树横在马路上。

要砍中间那棵树了，他们突然犹豫起来。

再别砍了，就剩这几棵大榆树了。

留下吧，让娃娃们乘个凉。

涌来的村里人也开始说话了。

二十多年后的一个清明节，我们兄弟姊妹几个去给父亲和奶奶祭坟。末了转到村子里，找我们家的地窝子旧址，却再找不到了。老皇渠早已重新规划。房子都一排一排整整齐齐的。那条马路不知被他们挪到哪里。我们打问那几棵大榆树。找到那几棵榆树就会找到我们的地窝子遗址。

早没有了。一个村民对我们说。

都没有了几十年了。

共同的家

　　为一窝老鼠我们先后养过四五只猫，全是早先一只黑母猫的后代。在我的印象中猫和老鼠早就订好了协议。自从养了猫，许多年间我们家老鼠再没增多，却也始终没彻底消灭，这全是猫故意给老鼠留了生路。老鼠每天夜里牺牲掉两只供猫果腹，猫一吃饱，老鼠便太平了，满屋子闹腾，从猫眼皮底下走过，猫也懒得理识。

　　我们早就识破猫和老鼠的这种勾当。但也没办法，不能惩罚猫。猫打急了会跑掉，三五天不回家，还得人去找。有时在别人家屋里找见，已经不认你了。不像狗，对它再不好也不会跑到别人家去。

　　我们一直由着猫，给它许多年时间，去捉那窝老鼠，很少打过它。我们想，猫会慢慢把这个家当成自己家，把家里的东西当成自己的东西去守护。我们期望每个家畜都能把这个院子当成家，跟我们一起和和好好往下过日子。虽然，有时我们不得不把喂了两年的一头猪宰掉，把养了三年的一只羊卖掉，那都是没办法的事。

那头黑猪娃刚买来时就对我们家很不满意。母亲把它拴在后墙根，不留神它便在墙根拱一个坑，样子气哼哼的，像要把房子拱倒似的。要是个外人在我们家后墙根挖坑，我们非和他拼命不可。对这个小猪娃，却只有容忍。每次母亲都拿一个指头细的小树条，在小猪鼻梁上打两下，当着它的面把坑填平、踩瓷实。末了举起树条吓唬一句：再拱墙根打死你。

黄母牛刚买来时也常整坏家里的东西。父亲从邱老二家买它时它才一岁半。父亲看上了它，它却没看上父亲，不愿到我们家来。拉着一个劲地后退，还甩头，蹄子刨地向父亲示威。好不容易牵回家，拴在槽上，又踢又叫，独自在那里耍脾气。它用角抵歪过院墙，用屁股蹭翻过牛槽，还踢伤一只白母羊，造成流产。父亲并没因此鞭打它。父亲爱惜它那身光亮的没有一丝鞭痕的皮毛。我们也喜欢它的犟劲，给它喂草饮水时逗着它玩。它一发脾气就赶紧躲开。我们有的是时间等。一个月，两个月。一年，两年。我们总会等到一头牛把我们全当成好人，把这个家认成自己家，有多大劲也再不往院墙牛槽上使，爱护家里每一样东西，容忍羊羔在它肚子下钻来钻去，鸡在它蹄子边刨虫子吃，有时飞到脊背上啄食草籽。

牛是家里的大牲畜。我们知道养乖一头牛对这个家有多大意义。家里没人时，遇到威胁其他家畜都会跑到牛跟前。羊躲到牛屁股后面，鸡钻到羊肚子底下。狗会抢先迎上去狂吠猛咬。在狗背后，牛怒瞪双眼，扬着利角，像一堵墙一样立在那里。无论进来的是一条野狗、一匹狼，还是一个不怀好意的陌生人，都无法得逞。

在这个院子里我们让许多素不相识的动物成了亲密一家。我们也曾期望老鼠把这个家当成自己家，饿了到别人家偷粮食，运到我们家来吃。可是做不到。

　　几个夏天过去后，这个院子比我们刚来时更像个院子。牛圈旁盖了间新羊圈，羊圈顶上是鸡窝。猪圈在东北角上，全用树根垒起来的，与牛羊圈隔着菜窖和柴垛。是我们故意隔开的。牛羊都嫌弃猪，猪粪太臭，猪又爱往烂泥坑里钻，身子脏兮兮的。牛羊都极爱干净。尽管白天猪哼哼唧唧在牛羊间钻来钻去，也看不出牛和羊怎么嫌弃它，更没见羊和猪打过架，但我们还是把它们分开：一来院子东北角正对着荒地，需要把院墙垒结实；二来我们潜意识中觉得，那个角上应该有谁驻守。猪也许最合适。

　　经过几个夏天——我记不清经过了几个夏天，无论母亲、大哥、我、弟弟妹妹，还是我们进这个家后买的那些家畜们，都已默认和喜欢上这个院子。我们亲手给它添加了许多内容。除了羊圈，房子东边续盖了两间小房子，一间专门煮猪食，一间盛农具和饲料。院墙几乎重修了一遍，我们进来时有好几处篱笆坏了，到处是大大小小的洞，第一年冬天从雪地上的脚印我们知道，有野兔、狐狸，还有不认识的一种动物进了院子。拆掉重盖又拆掉，垒了三次狗窝，一次垒在院子最里面靠菜地的那棵榆树下，嫌狗咬人不方便，离院门太远，它吠叫着跑过院子时惊得鸡四处乱飞。二次移到大门边，紧靠门墩，狗洞对着院门，结果外人都不敢走近敲门，有事站在路上大嗓子喊。三次又往里移了几米。

这些小活都是我们兄弟几个干。大些的活后父带我们一块干。后父早年曾在村里当过一阵小组长，我听有人来找后父帮忙时，还尊敬地叫他方组长，更多时候大家叫他方老二。

我们跟后父干活总要闹许多别扭。那时我们对这个院子的历史一无所知，不知道那些角角落落里曾发生过什么事。"不要动那根木头。"他大声阻止。我们想把这根歪扭的大榆木挪到墙根，腾出地方来栽一行树。"那个地方不能挖土。""别动那个木桩。"我们隐约觉得那些东西上隐藏着许多事。我们太急于把手伸向院子的每一处，想抹掉那些不属于我们的陈年旧事，却无意中翻出了它们，让早已落定的尘埃重又弥漫在院子。我们挪动那些东西时已经挪动了后父的记忆。我们把他的往事搅乱了。他很生气。他一生气便气哼哼地蹲到墙根，边抽烟边斜眼瞪我们。在他的乜视里我们小心谨慎干完一件又一件事，照着我们的想法和意愿。

牲畜们比我们更早地适应了一切。它们认下了门：朝路开的大门、东边侧门、菜园门、各自的圈门，知道该进哪个不能进哪个。走远了知道回来，懂得从门进进出出，即使院墙上有个豁口也不随便进出。只有野牲口（我们管别人家的牲口叫野牲口）才从院墙豁口跳进来偷草料吃。经过几个夏天（我总是忘掉冬天，把天热的日子都认成夏天），它们都已经知道了院子里哪些东西不能踩，知道小心地绕过筐、盆子，脱在地上没晾干的土块、农具，知道了各吃各的草，各进各的圈，而不像刚到一起时那样相互争吵。到了秋天院子里堆满黄豆、甜菜、苞谷棒子，羊望着咩咩叫，猪望着直哼哼，都不走近，知道那是人的食物，吃一口就要鼻梁上挨条子。也有胆大的牲畜趁人不注意叼一个苞谷棒子，狗马上追咬过去，夺回来原放在粮堆。

一个夜晚我们被狗叫声惊醒，听见有人狠劲顶推院门，门哐哐直响。父亲提马灯出去，我提一根棍跟在后面。对门喊了几声，没人应。父亲打开院门，举灯过去，看见三天前我们卖给沙沟沿张天家的那只黑母羊站在门外，眼角流着泪。

留下这个村庄

　　　　　　　　　我没想这样早地回到黄沙梁。应该再晚一些。再晚一
些。黄沙梁埋着太多的往事。我不想过早地触动它。一旦我挨近那些房
子和地，一旦我的脚踩上那条土路，我一生的回想将从此开始。我会越
来越深地陷入以往的年月里，再没有机会扭头看一眼我未来的日子。

　　我来老沙湾只是为了离它稍近一些，能隐约听见它的一点声
音，闻到它的一丝气息。我给自己留下这个村庄，今生今世，我都不
会轻易地走进它，打扰它。

　　我会克制地不让自己去踩那条路、推那扇门、开那页窗……在我
的感觉中它们安静下来，树停住生长，土路上还是我离开时的那几行
脚印，牲畜和人，也是那时的样子，走或叫，都无声无息。那扇门永
远为我一个人虚掩着，木窗半合，树叶铺满院子，风不再吹刮它们。

　　我曾在一个秋天的傍晚，站在黄沙梁东边的荒野上，让吹过它

的秋风一遍遍吹刮我的身体。我本来可以绕过河湾走进村子，却没这样做。我在荒野上找我熟悉的一棵老榆树。连根都没有了。根挖走后留下的树坑也让风刮平了。我只好站在它站立过的那地方，像一截枯木一样，迎风张望着那个已经光秃秃的村子。

我太熟悉这里的风了。多少年前它这样吹来时，我还是个孩子。多少年后我依旧像一个孩子，怀着初次的，莫名的惊奇、惆怅和欢喜，任由它一遍遍地吹拂。它吹那些秃墙一样吹我长大硬朗的身体。刮乱草垛一样刮我的头发。抖动树叶般抖我浑身的衣服。我感到它要穿透我了。我敞开心，松开每一节骨缝，让穿过村庄的一场风，呼啸着穿过我。那一刻，我就像与它静静相守的另一个村庄。它看不见我。我把它的一草一木，一事一物，把所有它知道不知道的全拿走了，收藏了，它不知觉。它快变成一片一无所有的废墟和影子了，它不理识。

还有一次，我几乎走到这个村庄跟前了。我搭乘认识不久的一个朋友的汽车，到沙梁下的下闸板口村随他看亲戚。一次偶然相遇中，这位朋友听说我是沙湾县人，就问我知不知道下闸板口村，他的老表舅在这个村子里，也是甘肃人。三十年前逃荒进新疆后没了音信，前不久刚联系上。他想去看看。

我说我太熟悉那个地方了，正好我也想去一趟，可以随他同去。

我没告诉这个朋友我是黄沙梁人。一开始他便误认为我在沙湾县城长大。我已不太像一个农民。当车穿过那些荒野和田地，渐渐地接近黄沙梁时，早年的生活情景像泉水一般涌上心头。有几次，我险些就要忍不住说出来了，又觉得不应该把这么大的隐秘告诉一个才认识不久的人。

故乡是一个人的羞涩处，也是一个人最大的隐秘。我把故乡隐藏在身后，单枪匹马去闯荡生活。我在世界的任何一个地方走动、居住和生活，那不是我的，我不会留下脚印。

我是在黄沙梁长大的树木，不管我的权伸到哪里，枝条蔓过篱笆和墙，在别处开了花结了果，我的根还在黄沙梁。

他们整不死我，也无法改变我。

他们可以修理我的枝条，砍折我的丫杈，但无法整治我的根。他们的刀斧伸不到黄沙梁。

我和你相处再久，交情再深，只要你没去过(不知道)我的故乡，在内心深处我们便是陌路人。

汽车在不停地颠簸中驶过冒着热气的早春田野，到达下闸板口村已是半下午。这是离黄沙梁最近的一个村子，相距三四里路。我担心这个村里的人会认出我。他们每个人我看着都熟悉，像那条大路那片旧房子一样熟悉。虽然叫不上名字。那时我几乎天天穿过这个村子到十里外的上闸板口村上学，村里的狗都认下我们，不拦路追咬了。

我没跟那个朋友进他老舅家。我在马路上下了车。已经没人认得我。我从村中间穿过时，碰上好几个熟人，他们看一眼我，又低头走路或干活。蹿出一条白狗，险些咬住我的腿。我一蹲身，它后退了几步。再扑咬时被一个老人叫住。

"好着呢嘛，老人家。"我说。

我认识这个老人。我那时经常从他家门口过。这是一大户人家，院子很大，里面时常有许多人。每次路过院门我都朝里望一眼。有时他们也朝外看一眼。

老人家没有理我的问候。他望了一眼我，低头摸着白狗的脖子。

"黄沙梁还有哪些人？"我又问。

"不知道。"他没抬头，像对着狗耳朵在说。

"王占还在不在？"

"在呢，"他仍没抬头。"去年冬天见他穿个皮袄从门口过去。不过也老掉了。"

我又问了黄沙梁的一些事情，他都不知道。

"那村子经常没人，"他说，"尤其农忙时一连几个月听不到一点人声。也不知道在忙啥。"

我走出村子，站在村后的沙梁上，久久久久地看着近在眼底的黄沙梁村。它像一堆破旧东西扔在荒野里。正是黄昏，四野里零星的人和牲畜，缓缓地朝村庄移动。到收工回家的时候了。烟尘稀淡地散在村庄上空。人说话的声音、狗叫声、开门的声音、铁锨锄头碰击的声音……听上去远远的，像远在多少年前。

我莫名地流着泪。什么时候，这个村庄的喧闹中，能再加进我的一两句声音，加在那声牛哞的后面，那个敲门声前面，或者那个母亲叫唤孩子的声音中间……

我突然那么渴望听见自己的声音，哪怕极微小的一声。

我知道它早已经不在那里。

我受的教育

　　黄沙梁，我会慢慢悟知你对我的全部教育。这一生中，我最应该把那条老死窝中的黑狗称师傅。将那只爱藏蛋的母鸡叫老师。它们教给我的，到现在我才用了十分之一。

　　如果再有一次机会出生，让我在一根木头旁待二十年，我同样会知道世间的一切道理。这里的每一件事物都蕴含了全部。

　　一头温顺卖力的老牛教会谁容忍。一头犟牛身上的累累鞭痕让谁体悟到不顺从者的罹难和苦痛。树上的鸟也许养育了叽叽喳喳的多舌女人。卧在墙根的猪可能教会了闲懒男人。而遍野荒草年复一年荣枯了谁的心境。一棵墙角土缝里的小草单独地教育了哪一个人。天上流云东来西去带走谁的心。东荡西荡的风孕育了谁的性情。起伏向远的沙梁造就了谁的胸襟。谁在一声虫鸣里醒来，一声狗吠中睡去。一片叶子落下谁的一生。一粒尘土飘起谁的一世。

　　谁收割了黄沙梁后一百年里的所有收成，留下空荡荡的年月等人们走去。

　　最终是那个站在自家草垛粪堆上眺望晚归牛羊的孩子，看到了整个的人生世界。那些一开始就站在高处看世界的人，到头来只看见一些人和一些牲口。

村庄的头

　　黄沙梁，谁是你伸向天空的手——炊烟、树、那根直戳戳插在牛圈门口的榆木桩子，还是我们无意中踩起的一脚尘土。

　　谁是你永不挪动却转眼间走过许多年的那只脚——盖房子时垫进墙基的一堆沙石、密密麻麻扎入土地的根须、哪只羊的蹄子。或许它一直在用一只蚊子的细腿走路。一只蚂蚁的脚或许就是村庄的脚，它不住地走，还在原地。

　　谁是你默默注视的眼睛呢？

　　那些晃动在尘土中的驴的、马的、狗的、人和鸡的头颅中，哪一颗是你的头呢？

　　我一直觉得扔在我们家房后面那颗从来没人理识的榆木疙瘩，是这个村庄的头。它想了多少年事情。一只鸡站在上面打鸣又拉粪，一个人坐在上面说话又放屁，一头猪拱翻它，另一面朝天。一个村庄的头低埋在尘土中，想了多少年事情。

谁又是你高高在上的魂呢？

如果你仅仅是些破土房子、树、牲畜和人，如果你仅仅是一片含沙含碱的荒凉土地，如果你真的再没有别的，这么多年我为什么总忘不掉你呢？

为啥我非要回到你的旧屋檐下听风躲雨，坐在你的破墙根晒最后的日头呢？

别处的太阳难道不照我，别处的风难道不吹我的脸和衣服？

我为啥非要在你的坑洼路上把腿走老，在你弥漫尘土和麦香的空气中闭上眼，忘掉呼吸？

我很小的时候，从一棵草、一只鸡、一把铁锨、半碗米开始认识你。当我熟悉你所有的事物，我想看见另一种东西，它们指给我——那根拴牛的榆木桩一年一年地指着高处，炊烟一日一日地指向高处，所有草木都朝高处指。

我仰起头，看见的不再是以往空虚的天际。

最后时光

让我梦见自己，又在天上飞。

我曾无数次飘飞过的村庄田野，我那样地注视过你记住你一草一木的眼睛、只有梦中才飘升到你上头饱受你风吹雨淋的身体，将全部地归还给你。

当我成一锹土，我会不会比现在知道得更多。我努力地就要明白你的一切时，却已经成为你田野上的一粒土。下一个春天，我将被翻过去，被雨一遍遍淋湿，也将在一场一场的风中走遍你的沟沟梁梁。

那时，我或许已经是你的全部。

或许永永远远，只是你广袤田野上的沙土，在此后无尽的年月里，被像我一样的农人翻来覆去。

现在，让我再飞一次。

那是你的夜空，干净、透明。所有的尘埃沉落下去，飞得最高的草叶已经落回大地。我在这样的深夜，孤独地飞过这个镰刀状的村子。

我一回头，看见我前世的一双巨翅，深灰色的，风中的门一样一开一合——我是否一直在用它的力量，在今生的梦中飞翔。

黄沙梁，当我忘记时间，没有把最后的时光留给你。当我即将离开，我会祈求你再给我完整的一个日子。

让我天不亮早早醒来，看见柴垛东边的启明星，让我听见第一声鸡叫，一出门碰到露水青草，再开一次院门，放进鸟和风。再摸一回顶门的木棍。

我拿过多少回的那根木棍，抓手处的木节都已磨光磨平。它的另一头我或许从未曾触摸，它抵着地的那头，多么的遥远陌生。多少年，多少个天亮天黑反反复复的挪动间，我都没来得及把手伸到一根短短木棍的另一端——那个不经意的小弯，没脱净的一块粗糙树皮，哪年的一片灰黄油渍……让我小心地，伸手过去，触到那头的土和泥，摸摸那个扎手的节疤和翘刺，轻轻抚过那道早年的不知疼痛的深深斧印。

我将不再走远。静坐在墙根，晒着太阳，在一根歪木棍旁把你给我的一天过完——这样平平常常的一天在多少年前，好像永远过不完、熬不到边。

最后，让我在最后的时光回到屋子里，点着炉火，像往常的每一次。无数次。

天已经全黑。

看不见的人此刻清楚明白地坐在家里。

看不见的路已到达目的。

我将顺着你黑暗中的一缕炊烟，直直地飘升上去——我选择这样的离去是因为，我没有另外的路途——我将逐渐地看不见你，看不见你亮着的窗户，看不见你的屋顶、麦场和田地。

我将忘记。

当我到达，我在尘烟中熏黑的脸和身体，已经留给你，名字留给你。我最后望见你的那束目光将会消失，离你最远的一颗星将会一夜一夜地望着你的房顶和路。

那时候，你的每一声鸡鸣，每一句牛哞，每一片树叶的摇响都是我的招魂曲。在穿过茫茫天宇的纷杂声音中，我会独独地，认出你的狗吠和鸡鸣、你的开门声、你的铁勺和瓷碗的轻碰厮磨……我将幸福地降临。